MADEMOISELLE PAPILLON

DU MÊME AUTEUR

Une vie à t'attendre, Charleston, 2016
Le Choix d'une vie, Charleston, 2017
L'Envol, Charleston, 2019

ALIA CARDYN

MADEMOISELLE PAPILLON

roman

Robert Laffont

Ce roman est une œuvre de fiction. L'histoire, les personnages et leur vécu ainsi que les événements sont soit fictifs soit utilisés de manière fictive. Le récit, bien que portant pour partie sur une personne ayant existé (notamment Mlle Papillon), ne doit pas être considéré comme une biographie. Il n'est que l'interprétation par l'auteur de faits qui lui ont été rapportés ou le fruit de son imagination.

ISBN : 978-2-221-24935-2
Dépôt légal : octobre 2020

Il existe des femmes qui regardent le monde tel qu'il est, écoutent l'autre à l'endroit précis où il se trouve et font émerger la beauté encore contenue.

Il existe des femmes qui donnent avec joie leur vie, leur temps, leur lumière, des femmes qui croient profondément en un monde meilleur et le suscitent partout où elles passent.

À ces femmes, petites et grandes, à Thérèse Papillon, Heidelise Als et toutes les Gabrielle qui nous font le cadeau d'exister.

PROLOGUE

— Un vingt-cinq arrive ! Qui prend ?

Cette phrase, nous la redoutons toutes. La sage-femme de la maternité attend une réponse, le doigt prêt à appuyer sur le bouton de l'ascenseur pour repartir vers la salle d'accouchement. L'étage est divisé en plusieurs chambres communes. Depuis le seuil de la salle 79, ma salle, j'aperçois les autres infirmières, affairées sur une couveuse, à s'occuper d'un entrant. La journée a été longue. Une nouvelle loi des séries, comme on les appelle ici, dans le plus grand service de néonatologie intensive de la ville. Dès que deux cas similaires sont admis, nous les craignons. Aujourd'hui, c'est l'une des pires séries, celle des vingt-cinq semaines.

— Garçon ou fille ?

Ce n'est pas une question anodine. Ce n'est pas la même question que celle formulée avec impatience à l'annonce d'une grossesse. Ici, on veut savoir parce que le sexe est un facteur important. Les filles tiennent mieux que les garçons. Les bébés noirs tiennent mieux que les bébés blancs. Placez un prématuré blanc à côté d'une prématurée noire et la différence sera le plus souvent majeure. Soudain, les lois de la nature privilégient le sexe faible, la couleur de peau qui a subi tant d'injustices. C'est une tendance, bien sûr, qui souffre ses exceptions. Les années d'expérience nous prodiguent une connaissance qui ne se trouve dans aucun livre. Un savoir qui ne sera jamais énoncé à haute voix, surtout devant les parents d'un petit garçon blanc.

— Un garçon. Blanc, ajoute l'infirmière en baissant les yeux.

— Je prends, dis-je à contrecœur.

Je regarde la porte de l'ascenseur s'ouvrir et se refermer, laissant passer un flot de passagers. Je dois avancer avec la couveuse de transport, appuyer sur le bouton du premier étage et, une fois en bas, longer le couloir jusqu'à la salle d'accouchement. Je dois faire tout cela mais je n'en ai pas la force. Mon corps pourrait encore tenir la nuit mais le mental sature. Je veux prendre cet ascenseur mais sans la couveuse de transport. Je ne veux pas descendre au premier étage mais au sous-sol où est garée ma vieille voiture. Je veux mettre la musique à fond, me poser les mêmes questions que tous ceux qui ne sont pas ici, à palper cette limite permanente entre la vie et la mort. Je veux m'interroger sur la couleur de la robe que je vais mettre, pas sur la meilleure veine à piquer sur un bébé dont l'avenir est incertain.

— La mère est à combien ?

— On est tout proche. Gabrielle, je dois y retourner. Ils ont besoin de moi. J'ai appelé un néonatologue en renfort, en plus de celui qui est de garde, précise-t-elle en entrant dans l'ascenseur.

Sur le rectangle inoccupé de la salle 79, une stagiaire place une cinquième couveuse. J'essaie de ne pas penser aux prochaines minutes. À cette vie entre nos mains, dépendante de la précision de nos gestes. De notre performance. D'une fulgurance. De la chance aussi. Je regarde les mamans autour de moi. C'est l'heure de pointe. Elles sont toutes les quatre présentes aux côtés de leur bébé.

Je m'empare de la couveuse de transport, je longe le couloir et appelle l'ascenseur. Puis, tel un automate, j'enchaîne ces gestes mille fois répétés. Je place la couveuse à gauche, contre le miroir, toujours là, sorte de superstition, j'appuie sur le bouton et je ferme les yeux. Dans quelques minutes, ce sera un luxe que je ne pourrai plus m'accorder. Je pense à mon lac. À nos chalets côte à côte. Le mien et celui du nouveau venu. J'essaie de rester un instant près de l'eau avant que la porte ne s'ouvre sur un autre défi.

— Salut Gaby, me lance une sage-femme. Le vingt-cinq est dans la salle 3.

J'acquiesce et poursuis mon chemin. Dans la salle d'accouchement, la tension est palpable. Médecins et infirmières sont nombreux à s'activer. La mère est en larmes mais personne ne s'en occupe. Lorsque les risques sont élevés, les forces se concentrent sur celui à sauver et la mère va bien. Physiquement au moins.

Je m'approche d'elle pour me présenter.

— Bonjour madame, je suis Gabrielle. Je suis une infirmière du service de néonatologie.

Une nouvelle contraction arrive alors je m'interromps. Ils crient *Allez-y madame, nous y sommes presque ! Poussez ! On va y arriver !* Habituellement, ils disent aussi *Vous tiendrez bientôt votre enfant dans vos bras*, mais jamais aux accouchements auxquels j'assiste.

La contraction s'achève, la mère revient à moi.

— C'est moi qui vais emporter votre bébé pour que nous nous occupions bien de lui.

J'ai posé une main sur son épaule. Ses larmes coulent de plus belle. Une contraction. Ils crient. Elle pousse puis revient à moi.

— Vous faites du bon travail. Vous allez y arriver et puis nous prendrons le relais. Toute l'équipe est prête à accueillir votre bébé.

Je la rassure comme je peux, malgré les questions que cet accouchement suscite déjà, ces inconnues qui se manifesteront avec la brutalité du réel, chaque réponse nous rapprochant de la mort ou de la vie.

— Merci, murmure-t-elle. Il s'appelle Louis.

— Louis.

Je répète le prénom pour lui montrer qu'il compte pour moi. Ce ne sera pas un bébé comme les autres. Ce sera Louis.

— C'est un joli prénom.

Je me demande si ce genre de remarque est bénéfique. Cette question rejoint les autres interrogations qui ponctuent mon quotidien. Dois-je sourire ? Dire la vérité ou me taire ? Poser une main sur son épaule ou m'abstenir ? Soudain un cri, celui de mon prochain patient. Il est minuscule. On ne s'habitue jamais.

Avant même que la mère ait pu l'apercevoir, nous l'emportons dans la salle attenante. Chacun connaît son rôle. On emballe le bébé dans un sac en plastique, sorte de seconde peau pour conserver chaleur et humidité, on le coiffe d'un bonnet, on place sur sa peau sensible le capteur de saturation, on gonfle ce qui peut l'être dans ses poumons.

Le pédiatre me tend Louis pour que je le place dans la couveuse. Ma gorge se serre. Il est si léger.

— Quarante-cinq secondes ! lance le médecin avec autorité.

C'est ce dont nous disposons dans la chambre de la maman. Ce temps est le produit d'un calcul savant dont seul le médecin a le secret. Il a exploité les données dont il dispose : le poids du bébé, la taille de ses veines, sa réactivité, son âge gestationnel et sa propre intuition. Quelle que soit l'issue, ce moment comptera. Quarante-cinq secondes, dehors ce n'est rien, ici c'est tout.

— Louis vient voir sa maman avant de monter, dis-je en entrant dans la salle.

La couveuse est placée tout contre la table d'accouchement.

— Vous pouvez passer la main par cet orifice. Sentir la chaleur de sa maman lui fera du bien.

La mère touche maladroitement un bras, une jambe. Cette caresse furtive qui sera pour toujours la première, loin de celles rêvées, est un des moments qui m'émeuvent le plus. Je jette un regard à ma montre. On me reproche souvent de dépasser le temps imparti. Il ne reste que cinq secondes.

— Voilà, nous devons y aller maintenant, dis-je d'une voix la plus douce possible.

— Louis est attendu en haut avec impatience ! lance le médecin en faisant un signe de tête en direction de la porte. Nous appellerons le papa dès que les premiers soins seront terminés.

Quand la porte de l'ascenseur s'ouvre sur le service de néonatalogie, les deux néonatologues et les cinq infirmières en service sont devant moi. Si elles sont cinq, c'est surtout pour moi. Pour lui, il ne faut être que deux. Quand c'est possible, on essaie d'être là pour soutenir celle qui chope le mauvais cas. Le rapport du pédiatre de la maternité n'est pas optimiste.

— Au travail ! lance le docteur Marelle.

Le protocole impose que l'infirmière qui a pris le cas assiste le néonatologue. Je suis donc en première ligne. Nous transférons le bébé de la couveuse de transport à la couveuse préparée pour lui. J'observe sa peau translucide, le dessin des veines qui la parcourt. Pour ce corps inachevé de vingt-cinq semaines, les prochaines minutes seront déterminantes.

Dans une chorégraphie précise, nous nous affairons autour de lui. Je prends place aux côtés du néonatologue qui doit poser une voie centrale en introduisant le cathéter par le cordon.

— Il y a quelque chose de bizarre. Ça a l'air de coincer. Gabrielle, cherche déjà une voie périphérique ! ordonne le docteur Marelle.

Je passe la main sur la peau fine et approche un premier cathéter du petit bras.

— Un cathéter, taille minimale !

Celui que l'on me tend semble encore trop épais. Le médecin est toujours occupé à négocier une entrée. Sans apport et avec la peau sur les os, le bébé va commencer à griller ses neurones. Même si je n'y crois pas, je fais une tentative avec une première veine. Trop fine. La salope roule sous la pression. J'essaie à nouveau et la veine pète. Premier hématome. Je tourne autour de la table.

J'inspecte son autre bras, ses jambes. Toutes les voies semblent trop étroites.

— Il est hypotendu, la glycémie est beaucoup trop basse. On doit le mettre sous perf' et lui faire un remplissage sinon ça va mal tourner, avertit une collègue.

— Vous êtes sûres qu'on n'a pas un cathéter plus fin ?

La tension monte dans la petite salle. Les autres mamans, postées aux côtés de leur bébé, nous observent en silence, autant de paires d'yeux qui nous brûlent le dos. Ma main tremble. Tout coince avec Louis. Le cordon et le reste. Le premier néonatologue a donné le relais. Le deuxième s'applique. Même si tout va de travers, on essaie encore. J'ai l'impression qu'une force me tire vers l'arrière. J'aimerais me laisser bercer, fermer les yeux un instant pour ne pas être témoin de notre impuissance. Une collègue a posé la main sur mon épaule, signe qu'elle est prête à me relayer.

Je pourrais être soulagée mais je connais notre métier. L'image de ce bébé ne va pas se dissiper avec la distance, elle va rester collée à ma rétine, tel un rappel constant de mon incompétence. Bien sûr, on me dira que j'ai fait de mon mieux, qu'un format comme cela, c'est compliqué.

Sauf que moi, je suis là pour aider, pour soigner, pour sauver. Pas pour remplacer le linge de la couveuse qui accueillera le bébé suivant. Je quitte ma salle, ses alarmes incessantes, les regards de mamans fatiguées, ces petits corps en attente.

Ma garde est terminée.

1

Dans ce qui se rapproche le plus du silence dans une grande ville, les premiers rayons du soleil jouent avec la façade des immeubles. Comme souvent, après la fin de ma garde, j'ai eu besoin de fuir. Aujourd'hui, tout le monde cherche un sens à sa vie. Moi, j'avance à contre-courant. En quittant mes bébés, je cherche l'éphémère, la légèreté, la futilité même. Je m'échappe quelques heures dans un de ces clubs à la mode. Mon corps aspire à cet engourdissement, produit de l'alcool et des décibels élevés. Sur un air familier, je me presse contre cet autre que je ne connais pas. Je sens sa chaleur qui me gagne sans jamais parvenir à me réchauffer. Au milieu des silhouettes en mouvement, je veux danser jusqu'à m'épuiser. Tout oublier des émotions qui m'assaillent le jour. Couper le lien qui m'unit encore à ceux qui dorment dans la salle 79. Ma salle. Mon port d'attache.

Le grand hall au plafond sculpté mène à une salle lumineuse. J'ai rendez-vous avec ma mère pour prendre le petit déjeuner. Après ma sortie en boîte, je n'ai pas eu le temps de passer chez moi me changer. Le serveur détaille ma tenue, une robe noire à paillettes. Il lève un sourcil puis retourne à ses occupations. Même à cette heure matinale, quelques tables sont déjà occupées. Ma mère a une préférence pour celle dans le coin gauche car elle est entourée de banquettes.

— Merci d'être venue, lance ma mère avec une solennité inhabituelle.

Ses cheveux ondulés portés court forment avec son visage un ensemble délicat. Coudes serrés, dos droit, menton haut, le maintien royal de ma mère l'a toujours rajeunie. Encore aujourd'hui, elle ne fait pas son âge.

— Comment vas-tu, ma chérie ? demande-t-elle.

Je pousse un soupir en m'adossant aux coussins.

— Un peu fatiguée.

Je sens les larmes monter. La douceur de ma mère a toujours cet effet-là. J'hésite à lui confier mon échec avec Louis. Je n'ai même pas appelé pour savoir s'ils étaient parvenus à le perfuser. Je n'en ai pas le courage.

— La fatigue… Oui, tu as un métier exigeant.

Elle s'interrompt un instant pour avaler une gorgée de thé. Je vois sa main trembler légèrement et un foutu réflexe d'infirmière me pousse à passer en revue les diagnostics possibles. J'essaie de me concentrer sur les plus faciles à résoudre : hypoglycémie ou stress. Si je m'écoutais, je mettrais ma mère dans un scan tous les mois. Je n'ose même pas songer au jour où j'aurai des enfants.

— La fatigue, répète-t-elle encore.

Ma mère réarrange ses couverts qui n'ont pourtant pas bougé. Elle aimerait sans doute que je dise quelque chose, une sorte de feu vert pour poursuivre notre conversation sur cette voie.

Face à mon silence, elle se tourne vers son sac et en sort un paquet de feuilles, reliées par un élastique.

— Mon dernier manuscrit, déclare-t-elle en me le tendant.

Après quelques années comme journaliste, ma mère s'était lancée dans l'écriture. Même si son premier roman avait eu un succès confidentiel, elle avait persévéré. Il y avait eu un deuxième roman et quelques articles de presse élogieux. Un troisième et les premières séances de dédicace. L'écriture fluide de ma mère avait trouvé ses lecteurs : pour les dizaines de romans qui suivraient, ils seraient au rendez-vous.

— Tu n'ajoutes rien ? dis-je en nouant mes cheveux en chignon.

— Que veux-tu que j'ajoute, ma chérie ?

— Aucune recommandation pour la lecture ? Pas de mise en garde ? dis-je pour la taquiner.

— Quoi, je fais cela, moi ? répond-elle en riant.

— Donc tu ne vas pas m'expliquer comment je dois lire ce texte ?

— Non, ce manuscrit se suffit à lui-même. C'est une histoire que je porte depuis longtemps.

— Et tu ne me répètes pas pour la centième fois que j'ai le droit de ne pas aimer ?

Ma mère fait mine de replacer sa serviette sur ses genoux pour dissimuler son émotion.

— Je ne pense pas qu'il soit possible de ne pas aimer Mlle Papillon.

2

MLLE PAPILLON

MANUSCRIT DE RACHEL ADELMAN

À Gabrielle
Ce livre est pour toi, comme tous les autres,
mais il est le plus important

Vraignes-en-Vermandois, novembre 1920

— Bonjour Pierre.

Le petit garçon lève la tête et tend une main à la dame vêtue d'un uniforme blanc. Ses camarades plus âgés affirment qu'elle est infirmière, que son travail consiste à soigner. Pierre l'observe d'un œil curieux. Il s'interroge sur le pouvoir particulier de ces mains fines, sur ce qu'elles pourraient bien faire ici, dans sa commune où tout est dévasté.

— Tu vas bien aujourd'hui ?

Les mêmes questions reviennent chaque matin lorsqu'elle longe la rue principale, là où le garçon traîne avec d'autres. Il ne sait pas trop comment y répondre. On ne lui a jamais demandé cela. Elle s'accroupit près de lui et il a peur qu'elle salisse sa belle robe qui fait d'elle un ange. Elle lui sourit.

— Tu n'as pas froid ?

Pourquoi demande-t-elle ça ? C'est bizarre comme question, songe le garçon. Évidemment qu'il a froid, on est en novembre. C'est l'hiver et en hiver, on a forcément froid. L'infirmière effleure le chandail humide de l'enfant, resserre les pans de sa veste, ce qui ne sert à rien puisque tous les boutons l'ont désertée. Dans la seconde, les pans reprennent leur place, laissant entrevoir le pull déformé par les aînés de la fratrie. La dame grimace. Pierre voit bien que quelque chose l'ennuie. Elle consulte sa montre et regarde le dispensaire au bout de la rue, là où elle est attendue.

— Je dois avoir de quoi la réparer au dispensaire. Passe ce matin, d'accord ?

Elle est toujours accroupie devant lui. Personne ne s'est jamais mis à sa hauteur.

— Toi, tu ne manges pas beaucoup, on dirait.

Elle caresse ses joues creuses et sales. Les doigts contre sa peau lui procurent une sensation nouvelle. Il ne sait pas la nommer. C'est agréable, c'est chaud et pourtant, cela pique dans la poitrine. Pour une raison étrange, ses yeux le chatouillent aussi. Il les frotte avec le revers de la main.

— Que fais-tu dans la rue avec les plus grands ? Tu es encore si petit…

Il regarde les autres autour de lui. Il n'avait jamais vu les choses de cette façon. Aussi loin qu'il se souvienne, il s'est toujours senti grand. Il a quatre ans, l'âge des hommes.

Tu es un homme, lui répète souvent sa mère. Même si la mort de son père le prive d'un exemple concret, il est convaincu qu'il en est un. Il a une impression diffuse de ce que ce mot recèle. Être un homme, c'est être fort, ne pas avoir peur et lui, il a tout cela. La plupart du temps. Surtout s'il se force un peu. Il l'a d'ailleurs affirmé à sa mère.

Oui, je suis un homme, répond-il à chaque fois qu'elle aborde le sujet.

Pourtant, il aimerait que son corps grandisse plus vite, il voudrait ses mains plus grandes, son dos plus solide, son torse plus large. Il pourrait alors mieux l'aider, soulever, porter, ramasser. Peut-être alors qu'elle pleurerait moins.

Chaque matin, c'est la première chose à laquelle il pense en ouvrant les yeux. Il est certain en s'éveillant que son corps est enfin devenu celui d'un homme. Il a senti cette croissance fulgurante qui lui assurerait une vie meilleure. Il ôte la vieille couverture pour évaluer, plein d'espoir. Mais la vue de ses pieds d'enfant revient telle une claque et l'enferme dans la solitude de ceux qui ne peuvent rien changer à leur monde. Pierre refuse pourtant de se résigner. Il examine encore son corps, les autres parties qui auraient peut-être grandi quand même. Ses mains, ses jambes, son ventre d'enfant. Tout est désespérément pareil à la veille. Trop petit pour ses ambitions.

Pire, certains jours, il a même la désagréable impression d'avoir rétréci dans son pyjama moins ajusté qu'auparavant.

— Tu ne resterais pas à l'intérieur par ce temps ? insiste-t-elle.

Ses yeux bleus s'attardent encore sur lui. Il ne peut plus la regarder en face parce que sinon, ses yeux le chatouillent. Près d'elle, il se sent si petit, comme si cette idée d'être un homme était une chimère. C'est sa façon de s'adresser à lui, c'est la tendresse contenue dans chacun de ses mots. C'est peut-être aussi l'odeur de lavande qui flotte autour d'elle. Un parfum qui l'annonce avant même le bonjour qui l'interrompt dans ses jeux. Un effluve agréable dans ce quartier où tout est sale, un effluve qu'il guette maintenant avec impatience.

Il ne la connaît pas bien pourtant. Cela ne fait que quelques jours qu'elle le salue sur son passage, qu'elle s'arrête pour lui parler. Mais, en amour, le temps a un poids différent. Il transforme les heurcs en éternité.

Extrait du carnet de bord de Mlle Papillon – novembre 1920

Après les années de guerre et les blessés qui m'offrent leur dernier souffle, tous ces yeux qu'il faut clore d'un geste las en autant de rappels de mon impuissance, j'ai cru être immunisée. J'étais convaincue que la souffrance ne peut que glisser sur une carapace de circonstance, cadeau de la fureur humaine.

Tant de fois, je n'ai pu qu'être cette infirmière inutile, tant de fois, je n'ai pu que poser une main sur une épaule et sourire comme si tout allait bien. Finalement, c'est tout ce que l'on a besoin de savoir à quelques secondes de mourir. Que tout va bien.

La Croix-Rouge m'a envoyée à Vraignes-en-Vermandois. Dans ce lieu où la guerre a cessé mais où elle est partout encore. Elle persiste dans une forme plus subtile, plus mesquine, malmenant les existences en silence. Où que je regarde, tout est désolé. La terre, les maisons rasées, les visages émaciés, les teints ternes et toutes ces femmes sans homme.

Je suis ici depuis une semaine. Sept jours que je me lève chaque matin dans cette maison humide mais certainement mieux isolée que celle de mes voisins. Sept jours que je revêts cet uniforme d'infirmière, que je longe la grand-rue. Sept jours que je croise le petit Pierre et tous ceux qui lui ressemblent mais qui ne portent pas encore de nom pour moi. Heureusement car la souffrance de Pierre me suffit.

Ma mission consiste à reconstruire une commune ravagée. Je suis ici pour poser des pierres et réparer les vivants. Il y a tant à faire quand il n'y a plus rien. Bien sûr, nul ne se plaint. Quand on sort d'une guerre de quatre ans, les priorités sont à l'endroit, comme on dit. On travaille à récupérer cette vie d'avant, avec ceux qui ont survécu.

Personne ne se plaint mais on ne sourit pas beaucoup non plus. Les moments de joie ont une saveur différente. On s'y accroche et on les ressasse pour les faire durer. La joie est encore là le lendemain et les jours suivants, instant de grâce que l'on se plaît à rejouer.

Moi, je rejouerais volontiers ma journée d'aujourd'hui.

Il est midi lorsqu'une petite fille entre dans le dispensaire en hurlant.

— Maman va mourir ! Maman va mourir !

Comme je ne réagis pas assez vite, elle prend ma main et m'entraîne vers la porte. Je saisis ma mallette et la suit dehors sous la pluie glaciale. Nous courons toutes les deux en tentant d'éviter les flaques brunâtres qui jalonnent le trottoir en mauvais état. Le vent fouette nos visages et transperce ma robe. Il se faufile sous les couches et je dois accélérer pour l'empêcher de me geler sur place.

Quelques minutes suffisent pour atteindre notre destination. La fillette s'immobilise devant une maison étroite, construite avec ce que l'on a pu trouver, rien de bien solide.

Je ne suis pas encore entrée que les cris me parviennent déjà, puissants, signes d'une douleur qui déchire. Je pousse la porte sans attendre. Il fait sombre et humide. L'enfant me guide vers le fond de la pièce où un lit de fortune a été installé. Dessus, sa mère, repliée sur elle-même, halète, les bras autour d'un gros ventre. Je rassure la petite et lui explique que sa mère va accoucher. Elle reste plantée devant moi, surprise.

— Comment tu t'appelles ?

— Odette, m'dame.

Comme elle a l'air débrouillarde malgré son jeune âge, je lui demande d'aller chercher de l'aide et un drap propre. Que puis-je exiger d'autre dans une région où tout manque ? Faut faire avec de toute façon. C'est ce qu'on apprend à la guerre. Faire avec ce qu'on a. Je m'agenouille près de la pauvre femme et tente de la réconforter. Je l'aide à se mettre dans une position confortable et, à l'aide d'un linge usé et sale, j'essuie la sueur sur son front. Entre deux contractions, elle me demande si l'enfant va bien. Mon uniforme d'infirmière inspire toujours confiance. Il donne l'illusion que je maîtrise la situation, que je connais davantage que ce que les yeux perçoivent. En réalité, je ne sais rien de plus mais cette réponse ne nous ferait aucun bien, ni à elle ni à moi.

— Tout va bien. Tout va bien.

Je répète cette phrase, tout en m'organisant pour l'accouchement. Cela fait longtemps que je n'ai plus mis de bébé au monde. Ces dernières années, j'ai surtout eu affaire à des soldats et eux n'accouchent pas.

Aussi doucement que possible, j'écarte ses jambes pour l'examiner. Vu son état, elle doit être déjà loin. Sinon, elle tenterait de prendre sur elle, de souffrir en silence, de souffler en attendant la prochaine accalmie.

Je lui demande son prénom.

— Marie.

Je le répète tout en allumant une bougie pour y voir plus clair. La faible lueur confirme mon intuition. La tête est là. Du bout des doigts, je l'effleure.

— Votre bébé sera bientôt dans vos bras.

En prononçant ces mots, je la regarde droit dans les yeux. Je prie pour que le bébé soit robuste. Il le faut pour naître ici en novembre, avec tout cet hiver à traverser. La prochaine contraction arrive. J'ai l'impression que la mère manque de force pour se mettre debout, alors d'un geste rapide je la couche sur le côté.

Je jette un dernier regard vers la porte. Personne. Je prends une profonde inspiration. La femme gémit. D'un signe du menton, je lui fais comprendre qu'elle peut y aller. La poussée est longue et suffit à permettre à la tête de sortir. À la prochaine contraction, il faudra dégager une épaule, et une fois cette étape accomplie, le reste devrait suivre sans difficulté. Je l'encourage. Je la félicite. Elle pousse à nouveau mais le bébé ne bouge pas. Je m'efforce de cacher mon inquiétude mais je ne peux rien faire pour mon cœur qui s'emballe et la sueur qui perle à mon front. Je l'essuie avec la manche de mon uniforme et me penche sur elle pour analyser la situation. J'essaie de réfléchir, de me rappeler le contenu de ce cours sur l'accouchement. Ces quelques heures qui détermineront son destin à lui.

Si le reste du corps ne suit pas, c'est que quelque chose le retient. Le temps presse. Je passe ma main le long du cou en tentant de conserver le visage impassible de l'infirmière qui accomplit son travail. Celui-ci n'est pas lisse. Un fin boudin semble l'entourer. Le cordon, bien sûr ! Il s'est enroulé autour du cou. Je bouge un peu la tête du bébé et tente de lui ôter le lien de chair. Je tire, je passe un doigt entre son cou et le cordon mais je ne parviens pas à grand-chose. Il faut agir vite. J'ouvre ma mallette et saisis des pinces pour clamper. Je les pose de part et d'autre de l'endroit où je m'apprête à couper.

Ma main tressaille lorsque j'approche ma paire de ciseaux du cou de l'enfant. Aussi délicatement que possible, j'effectue une pression légère pour tester les lames. Je ne voudrais surtout pas blesser le bébé. J'approche la bougie pour examiner mes progrès. Le cordon est bien entamé. Je recommence l'opération. Le temps presse. En réalité, j'ignore si le temps presse mais dans ce genre de situation, j'imagine qu'il faut aller vite. Une dernière pression et le petit est libéré.

Je suis tellement enthousiaste que je crie à la mère que nous allons y arriver, que la prochaine poussée sera la bonne. Contraction. Poussée. Épaule, autre épaule, bras, ventre, fesses divines, jambes, pieds et c'est là que je réalise que je n'ai rien pour l'accueillir. Dans la précipitation, j'ai oublié.

D'une main, je détache ma cape d'infirmière et y enveloppe le petit. Il remue un peu mais reste silencieux. J'ai l'habitude de ces nourrissons qui hurlent dès leur venue au monde. J'aimerais qu'il hurle lui aussi, qu'il me rassure, mais il ferme les yeux. Je ne veux pas que la mère devine mon inquiétude alors je lui tourne le dos, prétextant un examen rapide du bébé. Je le couche à même la table de la cuisine. Je dois voir sa couleur, je veux sentir son souffle chaud sur la paume de ma main. Sa peau est rose. C'est un garçon. J'approche ma main de son nez, de sa bouche. Il respire. Un souffle ténu mais réel glisse sur ma peau tel le plus délicieux des frissons.

— Vous avez un magnifique petit garçon ! Félicitations ! dis-je toujours le dos tourné.

J'emmaillote le nourrisson pour qu'il ne prenne pas froid. Je le lui tends en affirmant qu'il a envie d'être près de sa maman et le dispose sur une poitrine qui gonfle déjà. Elle me répond d'un sourire faible mais heureux.

Pour leur laisser un peu d'intimité, je propose de ranimer le feu. Avec ce froid, mon offre paraît étrange tant la démarche est évidente. Près de l'âtre, il ne reste que quelques bûches. J'hésite à les placer toutes en même temps. Sans doute se contenterait-elle d'une seule. Faut faire durer le peu qu'on a.

Je ne demande pas où est le père. Le manque de bois, l'état de la maison, le peu de nourriture, tout me dit qu'il n'est plus là. L'instant est heureux, alors on ne va pas parler de cette misère qui nous arrache ceux qui par chance sont revenus.

— Vous vous appelez comment ?

La voix de la mère me sort de ma rêverie.

— Thérèse.

— Il va avoir du mal à porter cela, répond-elle en riant. Vous avez un frère ?

— Oui. Jean.

— Jean, répète-t-elle en regardant son petit. Jean est un joli prénom.

Je fais mine de mieux disposer l'unique bûche. Je ne veux pas qu'elle voie mes larmes. Je ne veux pas qu'elle voie combien je suis touchée. C'est leur moment. Pas le mien.

3

Ce matin, il est assis sur la terrasse en bois, une tasse entre les mains. Nos chalets sont éloignés d'un peu plus d'une centaine de mètres, une distance qui nous enlève l'opportunité d'un *bonjour* lancé nonchalamment entre voisins. Parfois, nos mains se lèvent, esquissent un signe, puis nous retournons à nos solitudes, avec le lac pour témoin.

Sans doute ce geste fait-il de moi une personne désespérée mais j'ai placé mon siège de biais, de façon à inclure dans mon champ de vision le lac et l'homme. Dissimulée derrière le manuscrit de ma mère, je l'observe de temps à autre. Aujourd'hui, il porte une chemise à carreaux rouges et bleus. Celle qui me plaît. C'est un peu honteux d'avoir une préférence alors que nous ne sommes que de simples voisins. C'est la preuve des heures qui s'écoulent, de ce temps qui m'échappe car je le passe à considérer l'autre passivement.

Lui s'installe face au lac, sans autre occupation que de scruter l'horizon, l'air serein. Habituellement, il reste là pendant une petite heure, pratiquement immobile dans sa chaise *Adirondack* au bois usé par les intempéries.

Ses cheveux bruns, légèrement ondulés, paraissent toujours adopter le même mouvement vers l'arrière. Il semble faire partie de ces gens pour qui la beauté est acquise. Je l'imagine choisir distraitement ses vêtements, les enfiler tout en se lavant les dents, passer une main dans ses cheveux en sortant de la douche pour tout brossage. Je l'imagine ne pas se soucier et cette seule idée me détend, moi qui m'inquiète pour tout. Habité de tout ce calme, il reste en silence pendant qu'en moi le bruit subsiste.

Je plonge à nouveau dans le manuscrit de ma mère dont j'ai parcouru les premières pages avec avidité. Lors de notre petit déjeuner, elle m'avait paru étrange. Sa façon d'effleurer le sujet de son roman sans vouloir l'aborder ne lui ressemblait pas. Pour ses autres livres, elle m'avait exposé avec passion le thème central, ses recherches, les interviews menées et ce, des mois avant de les achever. Ici, j'ignorais même qu'elle travaillait sur un nouveau texte. Son dernier roman était sorti seulement quelques semaines auparavant.

Il est vrai que ma mère a toujours été secrète. Je ne connais rien de son enfance et dès que j'aborde le sujet, elle se réfugie dans un mutisme tenace, comme s'il n'y avait aucun mot pour décrire *ça*. À travers l'écriture, j'avais le sentiment qu'elle se livrait davantage, glissant au fil des lignes quelques messages qui m'étaient destinés. Une façon de me parler autrement. Un jeu que j'ai aimé jouer jusqu'ici. Un jeu qui s'avère plus compliqué avec le récit de Mlle Papillon. Je ressasse la dédicace de ma mère et les seuls mots qu'elle a prononcés sur le sujet. *Il est impossible de ne pas aimer Mlle Papillon.* Quelque chose m'échappe.

Par dépit, je retourne à mon voisin. Cette nuit, il était encore là, allongé à mes côtés. Cet homme dont je ne connais que les habitudes. L'heure de sa promenade, celle de ses contemplations, celle, plus douloureuse, de ses départs. Il était immobile et j'écoutais sa respiration. J'attendais un signe. Un souffle dont le rythme se modifie, un soupir qui m'autorise enfin à me tourner vers lui, à m'approcher. Mais sa respiration persévérait, désespérément constante. Étendus sur ce grand lit, dans cette chambre qui n'est pas la mienne, nous n'étions séparés que de quelques centimètres. Ma main ne touchait pas la sienne mais elle percevait sa chaleur, sa présence toute proche.

En pensée, j'ai parcouru ses jambes musclées abandonnées au sommeil, puis, lentement, j'ai remonté le long de ses cuisses bombées. J'étais happée par ces formes masculines franches, par la douceur des poils châtain clair qui les couvrent. Je voulais pousser le jeu plus loin. M'imaginer que ma bouche embrasse son ventre, son torse alors que nous étions toujours figés, lui dans son sommeil, moi dans mon attente.

Je voulais m'allonger sur lui, que ses mains parcourent mon corps et pourtant, je demeurais immobile. Comme si cette intimité appartenait à une autre, que le partage d'un lit n'était pas un consentement suffisant.

Alors j'ai eu envie de pleurer. J'ai fermé les yeux pour contenir les larmes et j'ai senti son corps sur le mien. Les épaules larges que j'avais contemplées de loin frôlaient maintenant les miennes. Sa peau tiède me réchauffait d'un mouvement doux, puissant. Mes yeux étaient toujours clos et la sensation de sa présence devenait diffuse, comme s'il se fondait en moi.

Nous étions à présent unis d'une façon que seul le rêve autorise, fusionnés dans mon désir, pliés à la danse qui m'excitait, emportés par mon impatience longtemps contenue.

Puis j'ai ouvert les yeux sur ma chambre, sur ce grand lit dont seule une moitié était occupée. Il faisait nuit. Je me suis levée et j'ai écarté un rideau pour regarder ce qu'il me restait de lui. Son chalet dont l'intérieur était encore baigné d'une lumière douce.

Tel un spectacle qui m'attendait, les lampes se sont éteintes une à une, au rythme de son pas qui arpentait les pièces de la maison.

J'étais à nouveau seule et son absence m'a émue. Elle racontait toutes ces fois où j'aurais pu l'approcher, toutes ces opportunités que nos journées contiennent et que nous touchons du bout des doigts sans jamais les saisir.

Son absence résumait ma vie, celle d'une solitaire entourée. Celle d'une infirmière qui ne sait rien faire d'autre que soigner ses bébés. Celle d'une femme qui ne vit pas.

4

MLLE PAPILLON

Vraignes-en-Vermandois, novembre 1920

Chaque jour, Mlle Papillon longe la rue principale pour se rendre au dispensaire. Le quartier est animé à cette heure matinale. Les habitants se préparent à sortir ou se rendent à leur travail. Thérèse redoute ce court trajet qui devrait être anodin. Elle ne peut ignorer les toux grasses qui lui parviennent, ces toux d'adultes mais aussi d'enfants. La nuit, elle les entend aussi, mais de loin, à travers les murs de sa maison.

Alors qu'elle approche du dispensaire, son regard est attiré par une forme sombre qui ressemble à un manteau abandonné dans le caniveau. Elle s'immobilise, plisse les yeux pour tenter de l'identifier mais la forme est trop éloignée. Elle accélère le pas et la forme se transforme en un corps pourvu de cheveux courts, d'un bras replié sous elle, de ce qui ressemble à des jambes même si le cerveau se refuse à cette conclusion.

La gorge nouée, elle songe au petit Pierre. Elle tente de se rappeler la couleur de sa veste, la compare à celle du sol.

Elle essaie de se souvenir des détails qui rendent le garçon unique, sa couleur de cheveux, sa taille, ses mains, mais la peur la prive de discernement. Elle tente de se rassurer. Hier, son état était encore bon. Mais cette pensée est effacée par une autre. Cela n'offre aucune certitude. Il en va de même de tous les morts. La veille, ils étaient vivants.

Encore quelques pas et elle saura. Elle s'accroupit près du garçon et se penche pour voir son visage. Ce n'est pas Pierre. Celui-ci est plus grand. C'est évident mais avec l'angoisse, elle n'a pas fait la différence. Ce n'est qu'une maigre consolation. Cet enfant est un Pierre pour quelqu'un.

Elle l'ausculte même si la couleur de sa peau ne laisse aucun doute. Lorsqu'elle tient son poignet en quête d'un pouls, aucune vie ne répond, pas même une lente pulsation. Elle écarte quelques mèches, un geste inutile qu'elle ne peut retenir. Elle ne peut s'empêcher non plus de placer sa paume devant les lèvres fines. Comment pourrait-il respirer si son cœur ne bat plus ? C'est ridicule mais Thérèse veut achever cet examen. Si elle ne se concentre pas sur les paramètres vitaux, elle devra faire face à son chagrin. La masse molle lui rappelle que le suivant pourrait être un de ceux qu'elle croise chaque matin. Elle a le sentiment d'être responsable de cette perte et des autres, autant de silences éternels qui lui rappellent son impuissance.

L'infirmière passe ses bras sous le cou et les genoux de l'enfant et soulève le poids plume. Il doit avoir dix ans, songe-t-elle, même s'il est impossible de donner un âge à ce visage diaphane, à ce corps maigre, à ces traits durs. Par réflexe, elle le presse contre elle pour le réconforter. Debout au milieu des passants, elle tente de retenir ses larmes. Même si ce n'est pas la première fois qu'elle tient un enfant mort dans ses bras, l'émotion est intacte. Elle le serre encore plus fort. Elle veut le rassurer, lui dire que sa mort ne sera pas vaine, qu'elle va trouver une solution pour les autres. Elle lui affirme tout cela même si à cet instant précis, elle n'a plus aucune certitude.

Extrait du carnet de bord de Mlle Papillon – novembre 1920

Les jours défilent et pourtant je ne m'habitue pas. J'ignore pourquoi le sort des enfants me touche plus que n'importe quelle autre souffrance. Leur impuissance ne suffit pas à expliquer cela. Il y a plus. J'ai toujours eu cette tendresse particulière envers eux. Même enfant, j'étais déjà maternelle, à vouloir m'occuper de ceux qui accepteraient de subir mes soins maladroits.

Novembre a recouvert notre région d'un manteau humide.

Depuis la fenêtre du dispensaire, je les observe jouer dehors, dans le froid et la pluie. Ces enfants s'amusent d'un bout de bois, de quelques cailloux, ils ont les loisirs de ceux qui n'ont rien, et d'un rien ils bâtissent un monde chargé de promesses. Non tenues. La plupart ont dépassé le mètre vingt mais il y a aussi des bambins. Avec leur courbe de croissance freinée par le manque de nourriture, il est difficile d'évaluer leur âge. Peu importe, ils seront toujours trop petits pour être là. Leur maigreur leur donne l'allure chétive d'un plus jeune tout en durcissant leurs traits, mélange étrange que dessine la faim sur ces visages d'enfants. Cet ensemble formé par leur teint terne, leurs joues creuses, leurs cheveux sales et leurs sourires, m'interpelle. Cette combinaison insolite me captive, ne me lâche jamais, telle une urgence que j'aurais laissée de côté.

J'ai été envoyée par la Croix-Rouge pour aider et leur présence sous mes fenêtres est un rappel constant de l'ampleur de ma tâche. Ou de mon échec, selon la façon dont on voit les choses.

Je m'occupe d'un bandage alors qu'ils sont là à épuiser leurs corps.

J'ausculte, je soigne, j'assiste notre unique médecin, agacée par mon manque d'efficacité. À quoi servons-nous si nous laissons traîner les petits dans la rue, premières proies pour la maladie qui sévit ? Cela revient à soigner certains tout en contemplant d'autres devenir nos futurs patients.

Sauf qu'un bandage ne pourra rien contre la tuberculose.

5

Si vous êtes dans cette salle, si vous occupez l'un de ces lits minuscules flanqués d'une technologie exceptionnelle, vous faites partie des êtres les plus petits et les plus fragiles sur terre. Vous êtes de ceux dont le corps ne fonctionne que grâce à un ensemble de machines, de fils, d'apports minutieusement calculés.

Vous êtes un survivant même si la vie n'a pas encore sa vraie saveur. Ni votre peau sa couleur définitive. Votre quotidien semble artificiel, ponctué de gestes indispensables à votre évolution. Ces mains inconnues qui vous saisissent, vous touchent, vous parcourent. Ces mains qui essaient d'être délicates, même lorsque le temps manque.

Vos parents ne vont pas fort non plus. Leur univers est réduit à quelques mètres carrés de balatum, à ces alarmes qui rappellent sans cesse que le corps peut faillir.

La salle 79 est celle où je me rends chaque jour. L'endroit où je me *traîne* chaque jour, devrais-je plutôt dire. Au début, c'était différent. Je me levais, pleine d'entrain, je me rendais à mon travail, gonflée à bloc par toutes mes certitudes. Puis quelque chose s'est rompu, brisant du même coup mon élan. Je suis devenue tout ce que je redoutais. La professionnelle qui n'est plus rien d'autre, celle qui réalise, jour après jour, la même liste de tâches reproduites à l'infini. Sans m'en apercevoir, je me suis réduite à ma fonction et tout le reste s'est volatilisé.

Je ne me souviens pas de ce qui a disparu en premier.

Étaient-ce les moments avec les mamans ? J'avais l'habitude de m'asseoir à leurs côtés. La première fois, elles étaient surprises. Alors je posais une main sur un bras, une épaule, ou je souriais simplement. Certaines tentaient d'initier une conversation dont elles n'avaient pas envie. Par politesse ou pour que je m'attarde un peu, elles me posaient ces questions impersonnelles que l'on s'autorise avec les inconnus. Celles sur la météo ou les prochaines vacances. Je me contentais de rester là, pour échanger quelques mots ou partager leur silence douloureux. Elles me parlaient, le regard rivé sur leur petit dont le corps évoluait trop lentement vers la liberté. Certaines osaient me raconter leur épreuve, avec ces morceaux de phrases de mamans fatiguées, ces mots qui ne sont pas foutus de se mettre dans le bon ordre, qui fuient lorsqu'on les cherche, qui s'imposent lorsque l'on voudrait enfin en être débarrassé.

Dans leur discours, il y avait beaucoup de *si*, l'emblème des mamans qui atterrissent ici. *Si* j'avais fait ceci, *si* j'avais dit cela, *si* j'avais insisté, *si* je m'étais écoutée, *si* je ne m'étais pas levée, *si* j'avais consulté plus tôt… Les *si* brassaient l'air chaud de la salle 79, confinés dans le secret d'une âme qui souffre ou enfin livrés. Des *si* pour revisiter ces quelques semaines avant le drame en quête d'une responsabilité. Chez les autres un peu, chez elles surtout. Parce que finalement, si leur bébé était là, inachevé dans ce lit artificiel, c'est qu'elles avaient dû foirer quelque part, non ? Les autres mamans aux ventres bien ronds, prêts à exploser, avaient compris quelque chose qui leur échappait.

Avec les *si* venaient les questions. Même si la réponse était toujours la même, les mamans avaient besoin de les poser. Comme si leur formulation à haute voix pouvait les délivrer d'un poids. Quand mon bébé ira-t-il mieux ? Quand pourra-t-on enlever tous ces tuyaux ? Grandira-t-il comme les autres ?

Le temps. Le temps est l'unique réponse à toutes ces angoisses. Dans notre médecine, il n'y a aucune constante. L'incertitude est reine. On ne peut qu'être là. Être là, c'est faire de son mieux.

Au fil des années, mon enthousiasme s'est dilué dans ces regards vides, dans ces souffrances qui vicient l'air, dans ces vies, plus rares, qui ne tiennent pas. J'ignore ce qui a provoqué ma chute mais ma posture dans ces longues heures d'attente y a certainement participé.

Je continue à me lever, à m'habiller, à me rendre à la salle 79. Mes mains manipulent encore et encore ces êtres nés trop tôt mais plus rien n'est pareil. La peine s'est amassée en moi, et sans issue, elle s'est installée là. J'ai peur de regarder les autres dans les yeux, les bébés, les parents. J'ai peur que cette peine en excès ne déborde, telle une rivière qui sort de son lit. Je ne peux pas pleurer parce que, ici, il n'y a aucun bébé à moi. Aucun destin dont le temps serait la seule réponse.

Dans ma salle, il y a plusieurs nouvelles mamans. Les premiers jours sont les pires. Je leur répète patiemment le fonctionnement de la couveuse, le rôle de ces fils qui raccordent leur bébé à la vie, la signification des alarmes et la réaction qu'elles exigent de leur part. Elles me regardent droit dans les yeux, elles veulent saisir le sens de mes propos mais rien ne s'enregistre. Alors je répète. Une fois, deux fois, trois fois. Je répète en regardant un peu ailleurs quand leurs larmes coulent. Avant, je posais une main sur la leur, pour porter un peu de leur fardeau, mais elles pleuraient encore plus et ça, je n'y arrive plus. Saturée par ces regards en attente, je ne suis plus que moi. Gabrielle. Trente ans. Fatiguée.

6

MLLE PAPILLON

Extrait du carnet de bord de Mlle Papillon – décembre 1920

Pierre a commencé à tousser. Même si ses symptômes peuvent être ceux d'autres maladies, je crains la pire. Lorsque je le salue le matin, je cherche un prétexte pour m'attarder. Je veux écouter cette toux, analyser de quoi elle est faite. Quand j'aborde le cas de Pierre avec le médecin du dispensaire, il lève les bras en signe d'impuissance. Il me rappelle ce que je sais déjà. Pour sauver Pierre et tous les autres, il faudrait de la nourriture, des murs qui ne transpirent pas l'humidité et surtout du repos.

En vue de ma rencontre matinale avec Pierre, je me lève plus tôt. Je réfléchis à un sujet de conversation qui pourrait lui plaire. J'essaie celui-là, ou, plus rarement, ce qui me vient dans l'instant. Avec les années de guerre, j'ai perdu l'habitude de m'adresser aux enfants. Rouillée, je souris plus qu'il ne faut, je choisis chaque mot avec soin et, prononcés à la suite, ils forment un ensemble étrange. Lui me toise avec ses grands yeux. Il semble surpris par mon intérêt. Je ne crois pas qu'on lui parle beaucoup à ce petit-là. La plupart du temps, il se contente d'écouter la mélodie des mots que j'utilise. Du haut de ses quatre ans, il leur attribue un sens unique, produit de sa courte vie.

Il se gratte la tête, en quête d'une réponse à mes questions. Il veut me faire plaisir même s'il ne maîtrise pas encore les subtilités du quotidien. Pour lui, les jours se ressemblent. Il ne va ni mal ni bien, il va. Il va comme il a toujours été, poussant son corps au-delà des limites, ignorant ses besoins parce qu'il ne peut rien connaître d'autre.

Il bredouille une phrase, quelques syllabes tout au plus. Lorsqu'il ne trouve rien, il se contente de sourire et reporte son attention sur autre chose.

— Regardez, une voiture ! Un chat ! Un bébé !

Je prends ses petites mains dans les miennes. Elles sont gelées et sales dès le matin. Je voudrais le serrer contre moi, l'envelopper de ma cape, l'emprunter à sa vie et ne le restituer que plus tard, en meilleur état. Je le voudrais robuste. Je voudrais que l'on ne soit pas au début de l'hiver. Je voudrais presque ne pas le connaître.

Je réfléchis à toute vitesse. Il me faut une nouvelle excuse pour l'attirer au dispensaire. Une fois sur place, j'en inventerai d'autres pour le retenir, qu'il se réchauffe, reprenne des forces et partage mon repas.

Ses camarades se sont agglutinés autour de lui. Ils ont une, voire deux têtes de plus. Ils le poussent du coude pour le détourner de moi, le ramener à leurs jeux, à leur vie dans la rue.

Au dispensaire, même lorsque j'accomplis mes soins, dos à la fenêtre, je ne peux les ignorer. Les cloisons sont minces et le bruit perce de toutes parts, fusionnant les mondes de l'intérieur et du dehors. Leurs voix me parviennent, me rappelant que je ne suis pas à ma place. Que je ne fais pas ce qu'il faut. Je ne devrais pas être ici bien au chaud à jouer à l'infirmière, ma place est dehors à construire des maisons. Bien sûr, j'aide un peu à mes heures perdues mais cela ne suffit pas. Les maisons s'élèvent à un rythme désespérément lent. Elles sont faites de rien, mal isolées, peu aptes à préserver des intempéries.

Face à la tuberculose, le combat est perdu d'avance. Le mycobacterium tuberculosis *ne progresse pas de la même manière dans un corps nourri et sain. La malnutrition transforme la maladie latente en une tuberculose active. Le manque d'apport sert l'ennemi. L'ignorance aussi. Chaque semaine, j'explique la progression de ce fléau aux mères de famille. À la façon dont elles me regardent, je vois bien qu'elles me prennent pour une folle.*

«Mais m'selle Papillon, si y a pas de symptôme, y a pas de maladie, dites!» me lancent-elles au visage. La phase silencieuse de la tuberculose est compliquée à comprendre, surtout pour ces femmes qui ont traversé la guerre, survécu aux bombes, vu leur maison rasée parce que sur la carte elle n'était pas à la bonne place. Ces femmes dont les maris ne sont pas revenus, les mêmes qui ont endossé des rôles d'homme.

Aujourd'hui, nous, les femmes, sommes en première ligne. Une liberté fortuite, cadeau déroutant d'une société qui a perdu ses hommes. Flanquée de cette nouvelle liberté, je me surprends à rêver, le soir dans mon lit. J'imagine construire un lieu qui accueillerait tous ces enfants. Je pose des pierres là-haut sur la colline où l'air est sain. Je prends le temps de bâtir des fondations solides, j'élève ma maison sur plusieurs étages, je choisis l'ordre des pièces avec soin, les trouées, futures fenêtres, sont aussi larges que possible. Je veux que les petits soient bien, qu'ils aient le calme, le repos, la lumière qu'ils méritent.

C'est l'unique issue que j'ai trouvée, remplacer la vision de ces enfants qui se meurent par celle d'une maison qui s'érige.

Pourtant, depuis hier, ce rêve ne suffit plus. Je ne parviens plus à trouver le sommeil. Est-ce ainsi que le changement se dessine? Parce que sans lui, il est tout simplement impossible de poursuivre son existence?

7

Il est vingt heures et je suis de garde. Les mamans sont toutes en place, assises aux côtés de leur petit. La nuit s'annonce sereine. Tous les bébés sont stables. Les deux plus jeunes n'ont pas encore fait de réels progrès mais ils se maintiennent. Ici, une semaine n'a pas le même poids que dans la vraie vie. Les secondes défilent au compte-gouttes. Le temps est désespérément lent lorsque l'on observe la croissance d'un être humain dans ses moindres détails. Saturation, rythme cardiaque, poids au gramme près, couleur de peau, autant de paramètres enregistrés, scrutés, analysés.

— Excusez-moi ?

C'est Lucie, la maman d'Anatole. Désormais, je les reconnais à leur voix, à la façon dont elles commencent leurs phrases aussi. Lucie, c'est toujours en s'excusant. Sa frêle silhouette n'est pas celle d'une femme qui vient d'accoucher, même d'un bébé de vingt-cinq semaines. Parfois, en regardant mes mamans, j'ai des révélations sur la vie. En voyant Lucie, je me dis que nos corps sont peut-être le reflet de notre personnalité. Elle ne prend pas la place à laquelle elle a droit, à toujours s'excuser d'exister.

— Oui, dis-je sans me retourner.

Je suis occupée à changer la couche de Louis. Les mamans savent que l'on ne s'interrompt pas pendant un soin, ce qui ne nous empêche pas de parler. Elles posent alors leurs questions à mon dos, qui répond s'il peut. J'ouvre la couche et nettoie, mes mains intruses dans son univers ouaté. Tout en lui chuchotant des mots rassurants, je regarde l'écran. C'est un indicateur de son confort. Les paramètres me racontent l'impact de mes gestes.

— Je…, continue Lucie.

Parfois, j'ai envie de lui dire *Mais accouche, Lucie!* La phrase la plus inappropriée qui soit, celle qui faudrait le plus taire. J'ai honte mais ce n'est pas un cas isolé. Ici ou à l'extérieur, les expressions inadéquates surgissent, produits de la fatigue et du stress.

— C'est juste que…

Juste. Un autre mot que Lucie utilise souvent. Une autre façon de s'excuser d'être là. Elle y met beaucoup d'énergie, ce qui fait d'elle la plus fragile des cinq. C'est un avis personnel, rien de scientifique là-dedans. Elle s'occupe trop des autres et pas assez d'elle-même. Pour survivre ici, il faut se transformer en lionne. Se concentrer sur l'essentiel : le souffle, le cœur, les organes qui fonctionnent bien. Pas sur les besoins des autres.

Louis a froncé les sourcils, son rythme cardiaque s'accélère. Je me dépêche d'achever ma tâche pour ne plus le déranger. Il est celui qui a le plus galéré. Il est celui que je ne suis pas parvenue à piquer. Si nous avions été seuls au monde, lui et moi, il n'aurait pas survécu. Une autre infirmière a réussi, heureusement. Cet échec me colle à la peau. Il est celui qui progresse le moins vite et je ne connaîtrai jamais ma part de responsabilité.

— Là, là, tout va bien, Louis.

Je répète ces mots même s'ils me font mal au ventre. Impossible de détacher les yeux de l'écran tant que les paramètres ne sont pas revenus à la normale. La plupart du temps, j'arrête moi-même de respirer. Surtout avec Louis, ou tous les autres auprès desquels j'ai l'impression d'avoir failli.

Le cœur ralentit, enfin.

— Anatole me paraît moins réactif que d'habitude, confie Lucie.

— Je viens dans un instant.

Je m'approche de Lucie. Anatole est contre elle. Dès le premier jour, elle a insisté pour le tenir un maximum nu contre sa peau pâle de maman éprouvée. Lorsque c'est possible, on essaie de suivre les envies des mamans, notre façon de leur donner une place dans cet univers artificiel, où les machines décident plus que les hommes.

— Ses paramètres semblent normaux, dis-je en tentant de ne pas formuler cela comme un reproche. Pouvez-vous m'expliquer ce qui vous ennuie ?

— Oh, je n'y connais pas grand-chose. Sans doute est-ce stupide mais il semble plus lourd, comme s'il s'abandonnait plus que d'habitude. Une forme d'apathie, vous voyez ?

Je vois très bien. Si Lucie ose me déranger pour quelque chose de stupide, c'est certainement que ce n'est pas stupide du tout.

— Je vais appeler un pédiatre pour l'ausculter, comme cela nous serons rassurées, d'accord ?

Elle acquiesce. Les larmes ruissellent sur son visage creusé. C'est le mot *pédiatre*. Ou le mot *ausculter*. Ou le fait d'avoir demandé quelque chose de stupide, comme une maman qui n'y connaît rien et ne sait pas gérer, comme une maman qui accouche quand il ne faut pas.

— Vous avez très bien fait d'attirer mon attention. Ce n'est certainement rien mais il vaut toujours mieux vérifier.

Les larmes coulent de plus belle.

— Je vais appeler le pédiatre.

Cette manie de me répéter quand l'émotion monte. Je consulte ma montre.

— Il passera dès qu'il aura terminé son tour du service non intensif. Je crois qu'il en a encore pour une petite demi-heure.

— Merci, murmure Lucie.

Après les premiers jours en mode zombie, elles ont commencé à intégrer les codes de leur nouvelle vie. Jeanne, Lucie, Mathilda, Lise et Adélaïde. Mes mamans de la salle 79 pour quelques semaines. Désormais, elles connaissent le rôle des machines, les horaires, le jargon médical et le prénom des infirmières. Elles ont assimilé les gestes requis pour chaque soin. À force de nous observer, à force de ne faire pratiquement que cela, elles ont intégré ce monde particulier, fait d'étapes à parcourir pour passer la porte du service. Pour accéder à la liberté, le bébé doit pouvoir respirer tout seul, digérer, maîtriser sa température, s'alimenter de façon autonome et avoir atteint un certain poids. Toutes ces choses naturelles pour un enfant né à terme.

Ici, rien n'est acquis. Chaque victoire, aussi petite soit-elle, a le goût de cette lutte quotidienne, produit d'une alliance atypique, un enfant qui veut vivre, une mère et un père qui veulent aimer, une infirmière qui veut aider. Ceux qui quelques jours auparavant ne se connaissaient pas s'unissent désormais dans un seul but, devenu plus important que tout autre.

8

MLLE PAPILLON

Amiens, janvier 1921

Le préfet ouvre la porte sur un vaste bureau, pourvu de meubles luxueux et de tapis épais. Mlle Papillon voudrait pouvoir essuyer ses bottes crottées. Étrangement, alors que l'enjeu est tout autre, c'est la première pensée qui lui vient. *Je vais salir le beau tapis.* Elle se place de côté, debout dans l'embrasure de la porte. Il l'invite à s'asseoir sur un des fauteuils. Elle regarde ses chaussures boueuses puis la portion de tapis qu'il lui faut parcourir. Elle redoute que le préfet l'aide moins si son tapis est sali par sa faute.

— Je vous en prie, mademoiselle Papillon, installons-nous ici pour discuter de ce qui vous amène.

— Je peux rester debout, répond-elle, toujours en proie au conflit.

Elle va faire pire que mieux car l'homme s'étonne de sa réponse et fronce les sourcils. Elle doit se risquer. Il l'attend, debout, posté près d'un fauteuil, les doigts pianotant sur le haut du dossier. Thérèse se lance. Elle tente de ne pas peser de tout son poids lorsqu'elle marche sur l'épaisseur moelleuse. Si elle pouvait, elle l'effleurerait. Tout pour ne pas déranger celui qu'elle vient solliciter.

— Alors, que me vaut le plaisir de votre visite ? Il paraît que vous avez insisté pour me voir. J'ai malheureusement peu de temps ce matin, insiste-t-il en consultant sa montre comme s'il devait déjà être ailleurs.

— Je cherche un lieu pour installer un préventorium, annonce-t-elle sans autre introduction.

Elle avait préparé un long discours. Sur sa feuille, elle avait aligné de jolies phrases, peaufiné ses arguments, mais devant cet homme important, le texte mémorisé s'efface au profit d'une simple phrase.

— Un lieu ? répète le préfet.

— Oui, un lieu, répond-elle d'une voix hésitante.

— Mais, mademoiselle, la guerre nous a tout pris ! Comment pouvez-vous imaginer que nous disposons d'un bâtiment pour votre…

— Préventorium, achève-t-elle.

L'homme incrédule reste courtois.

— Mais nous n'avons rien ! Et un préventorium pour… ? interroge-t-il en caressant sa barbe.

— Pour les enfants. On ne peut plus les ramasser morts dans la rue.

Sa voix tremble malgré elle. Elle s'est promis d'offrir un discours dépourvu d'émotion. Des idées claires et structurées comme celles que formulerait un homme à sa place. Enfin, c'est ainsi qu'elle les imagine en réunion, à débattre à coups de phrases percutantes et décisives.

Les mots dansent maintenant devant ses yeux et aucun ne semble assez fort pour convaincre.

— Pour les enfants, répète-t-elle pour gagner du temps.

L'infirmière devrait développer son projet, fournir des détails sur la maladie et la façon dont on peut en préserver les enfants. Il faudrait qu'elle présente sa vision concrètement, le volume du bâtiment souhaité, le personnel requis et le nombre de pensionnaires qui pourraient en bénéficier. Elle pourrait même lui exposer le déroulement d'une journée, et alors peut-être serait-il séduit ?

— Très bien, lance-t-il soudain avant qu'elle n'ait eu la chance de poursuivre.

Et Thérèse se surprend à espérer qu'il s'agit d'une appréciation de sa prestation. Contre toute attente, elle aurait réussi. Son rêve prend forme, chassé aussitôt par une phrase lapidaire.

— Je ne manquerai pas de vous écrire si je trouve… ce genre de lieu, déclare-t-il en prenant note dans le carnet devant lui.

Thérèse demeure silencieuse.

— Ce que vous réalisez au dispensaire est une contribution importante et vos efforts de guerre sont impressionnants, déclare-t-il en désignant les médailles de l'infirmière. Au nom de la Nation, je vous en félicite. Surtout n'hésitez pas à revenir vers notre préfecture si vous avez d'autres demandes.

Extrait du carnet de bord de Mlle Papillon – février 1921

À force de ne pas dormir, j'ai commencé à chercher un lieu pour mes enfants. J'ai sollicité les rendez-vous et la réponse est à peu près la même partout.

« Madame, que voulez-vous qu'on vous dise ? En période d'après-guerre, tout est à reconstruire ! »

Comme je ne peux m'en satisfaire, j'ai fait de mon rêve un quotidien. Chaque jour, d'une façon ou d'une autre, j'avance. Je multiplie les rencontres et les refus qu'elles contiennent. Je parle de mes enfants à qui veut bien m'écouter, ici dans la région mais aussi chez moi, à Saint-Germain-en-Laye. Je décris leur souffrance, telle que je l'ai observée depuis des semaines. Je ne me contente pas de mes fréquentations, je suis également devenue la pire des enquiquineuses pour les employés de la préfecture d'Amiens. Leurs visages inquiets le confirment, ils me redoutent autant que je l'espère.

Si je ne parviens pas à trouver un refuge pour les enfants, il faut que je rallie à ma cause. Je veux qu'un maximum de gens n'en dorment plus, comme moi. C'est un peu cruel, je le reconnais. Mais le nombre peut faire la différence. Je veux qu'ils portent un regard inspiré sur leur campagne, la sondent et la scrutent, comme autant d'explorateurs en quête de mon bien, une maison pour mes enfants.

9

— Anatole a de la fièvre depuis ce matin, annonce Catherine en entrant dans le vestiaire.

Après quelques heures de repos, je suis de retour à l'hôpital. J'ôte mon manteau et ouvre mon casier. Catherine fait souvent une pause lorsque j'arrive dans le service. Elle s'installe sur un banc, toujours à la même place. En tailleur, dos appuyé contre le mur, elle me raconte les dernières heures auxquelles je n'ai pas assisté. Son visage semble gouverné par d'autres lois car, contrairement à nous toutes, elle paraît rarement fatiguée.

— Il est moins réactif, insiste-t-elle en nouant et dénouant sa tresse nerveusement. Gaby, il y a un truc qui cloche avec ce bébé.

— Sa maman était inquiète hier soir. Pourtant, il fait partie de ceux qui évoluent le mieux, dis-je comme si cet élément pouvait la rassurer.

J'enlève mon pull, mes chaussures, mon pantalon et un frisson parcourt ma peau. Je regrette qu'ils ne chauffent pas davantage le vestiaire. J'enfile mon uniforme bleu ciel, une couleur qui a traversé avec moi tragédies et moments heureux. Ce bleu immaculé qui ne le restera pas longtemps.

— Il faisait de la tachycardie, ce matin. On a lancé un bilan sanguin et demandé des hémocultures. Les résultats étaient inquiétants. Avec un CRP à quatre-vingts, on lui a administré immédiatement des antibiotiques, ajoute Catherine.

— Une septicémie, donc… Avec une réaction aussi prompte, son état va rapidement se stabiliser, dis-je en relevant mes cheveux en chignon.

— C'est là le souci. La fièvre ne descend pas suffisamment à mon goût. Depuis une heure, il a même fait quelques bradycardies. Son état se dégrade alors qu'il devrait s'améliorer. Il y a quelque chose qui cloche, répète-t-elle.

Je m'installe à ses côtés sur le banc et passe un bras autour de ses épaules.

— Toi et moi, on manque de sommeil et de repos. Tu angoisses pour rien. Anatole a besoin d'un peu de temps pour combattre cette infection.

Catherine sourit tristement.

— Il y a quelque chose d'autre ?

— Des bêtises, certainement. Henri est plus froid en ce moment, reconnaît-elle à voix basse.

Elle soupire, en dénouant à nouveau sa tresse.

— J'ai l'impression que notre métier ne tolère aucune autre difficulté que celles rencontrées ici, poursuit-elle. Pour pouvoir être une infirmière solide, on devrait toujours avoir une vie privée agréable. Pour conserver les deux plateaux de la balance en équilibre.

Je songe à ma balance, à son plateau pratiquement vide.

— Peut-être qu'Henri a quelques soucis professionnels. Peut-être que c'est juste une phase. Peut-être même qu'il n'est pas vraiment froid, admet-elle en soupirant.

Elle marque une courte pause.

— Peut-être aussi que je suis une mauvaise oreille pour les petits soucis du quotidien, suggère-t-elle le visage sérieux.

— On est comme cela. Avec notre métier, on manque dc tolérance pour ce qui apparaît comme des futilités. Henri doit apprendre à vivre avec cette facette de toi.

— De même pour ton homme des bois, me lance Catherine avec un clin d'œil.

— Il ne connaît même pas mon nom.

— Gaby, il va falloir remplir cet autre plateau d'une façon ou d'une autre.

— Je sais bien. Bon, on va voir notre petit Anatole ? dis-je pour couper court à la conversation.

Catherine consulte sa montre.

— Je t'accompagne mais après, je dois m'occuper des soins à la 78.

En quittant le vestiaire, j'aperçois les parents d'Anatole dans la salle des familles. Ils sont avec leur aînée, Joséphine, quatre ans. Nous longeons le couloir jusqu'à la salle 79. Dans sa couveuse, l'épiderme marbré d'Anatole attire immédiatement mon regard. Les lignes bleues qui parcourent sa peau translucide ne m'inspirent pas. Le monitoring affiche un rythme cardiaque irrégulier. Je suis la ligne du regard en espérant qu'elle se maintienne au-dessus de la limite fatidique. La ligne verte fluctue, comme si elle cherchait sa place, puis forme un coude et plonge.

L'alarme s'enclenche. Anatole a un nouvel incident cardiaque. Je touche sa main. Son cœur reprend.

— Je crois que les choses vont se compliquer. On va l'emmener en salle de réanimation, dis-je tout bas à Catherine pour ne pas perturber les parents présents.

— Je vais appeler le médecin et rassembler l'équipe, me répond-elle.

Nous avons à peine le temps d'arriver dans l'autre salle que le cœur plonge à nouveau, en une courbe vertigineuse. En quelques secondes, la salle se remplit de compétences, le docteur Marelle et Céline, une collègue infirmière.

— Prépare les drogues, Céline, dis-je en me positionnant pour la réanimation.

— Le rythme est en dessous de soixante, commencez le massage ! ordonne le docteur Marelle.

Mes mains se placent sous le dos d'Anatole et mes pouces s'activent avec régularité sur son torse. Tout en massant, je cherche ce qui aurait pu déclencher ces incidents. Pourquoi les antibiotiques n'atténuent-ils pas l'infection ? Dans la salle attenante, on prépare les drogues qui seront administrées.

Nous sommes toutes les trois absorbées par notre rôle. Nous nous mouvons autour de la table dans une chorégraphie tant de fois répétée qu'elle est aujourd'hui d'une fluidité troublante. Nous bougeons sans même nous effleurer, nos bras, nos mains n'interfèrent plus avec ceux des autres. Nous sommes les différents membres d'un monstre à six mains, six pieds et trois têtes, sorte de pieuvre des temps modernes qui refuse de lâcher ce petit corps.

Nous connaissons la valeur d'une vie, surtout pour ceux qui restent. J'ai vécu plusieurs semaines aux côtés de Lucie. J'ai été ce témoin privilégié d'une relation qui se tisse.

Ces gestes tendres que l'on répète, une caresse, toujours la même pour s'annoncer, ces quelques mots qui sont devenus leur rituel pour se dire au revoir, un surnom, un trait de caractère que seul un parent peut deviner dans un être si petit, une ressemblance à l'un, à l'autre, tout ce que l'on peut trouver pour se sentir proche malgré le plastique, les fils et les machines. Et puis, cette expression qui revient chaque jour comme une prière, une façon de conjurer le sort. *C'est un combattant ! Notre petit combattant ! Regarde comme il grandit bien, c'est notre petit combattant.*

Je regarde le petit combattant qui semble dormir profondément. Les premières alarmes rugissent. Au cours des prochaines minutes, elles vont se déclencher à un rythme effréné, nous ramenant constamment à notre échec. Le docteur Marelle lance les ordres. Drogue, massage, arrêt, auscultation, massage, drogue, arrêt, auscultation. L'adrénaline me plonge dans une bulle où seules les instructions du médecin me parviennent encore. Ses mots et cette ligne du monitoring qui refuse de grimper. Le temps file entre mes doigts. Je ne saurais dire si nous luttons depuis vingt minutes ou deux heures. Cette sensation est familière. Je dois m'extraire de cette bulle, prendre de la distance pour pouvoir assister le docteur Marelle dans la prise d'une décision.

Elle ordonne un arrêt et j'en profite pour faire un pas en arrière, regarder les écrans, celui du monitoring, celui du temps de réanimation, faire le compte des drogues administrées. Regarder Anatole aussi, sur la table devant moi. Petite forme abandonnée.

Je dois prononcer tout haut la seule conclusion possible. Je ravale mes larmes. Le plus dur est seulement à venir. Je n'ai jamais été aussi peu prête. Quelque chose est sur le point de se briser en moi. Tout en ne quittant pas des yeux Anatole, je m'approche du docteur Marelle.

— Je crois que je dois prévenir les parents, dis-je en posant une main sur son épaule.

Elle lève la tête. Je lis dans ses yeux qu'elle est encore dans sa bulle, qu'elle ne comprend même pas le sens de ma phrase, tout entière absorbée par le bébé devant elle. Le bébé et ce cœur qui refuse de reprendre.

— Je crois que c'est la fin, dis-je pour la ramener à nous.

Une infirmière reprend le massage à ma place et le docteur Marelle s'écarte un instant.

— C'est à vous de décider mais je crois que nous avons fait le maximum.

Elle acquiesce. C'est la seule de l'équipe que je n'ai jamais vue pleurer. La détresse soudaine dans son regard me fend le cœur. Je sais ce qu'elle pense, là, maintenant. Elle n'est pas avec moi mais avec ces dizaines de questions qui ne la lâcheront plus : *Qu'est-ce que j'ai loupé ? Et si j'avais administré cet autre antibiotique ? Et si la septicémie avait été diagnostiquée plus tôt ? Et si j'avais été de garde hier soir au lieu de fêter ce putain d'anniversaire de mariage ? Et si je m'étais mariée en été comme je le voulais ?*

Alors peut-être qu'Anatole serait encore en vie.

Je presse son épaule alors que je voudrais la serrer dans mes bras. Je sors et me dirige vers la salle des familles, en priant pour que celle d'Anatole soit la seule à l'occuper.

Lucie a pris Joséphine sur ses genoux et lui lit une histoire. Le papa est assis près d'elles et les entoure d'un bras protecteur. Ils ne m'ont pas entendue arriver. Je reste figée dans l'embrasure de la porte. Je contemple leur bonheur et me demande combien de secondes je dois encore leur accorder avant de les arracher à tout cela.

C'est la petite fille qui me voit en premier. Elle lève la tête et me sourit. Je respire. Je m'apprête à les bousiller. Il ne faut pas penser à Anatole, à combien la vie est bête parfois, parce qu'il ne faut pas pleurer. Je me concentre sur la formule adéquate. Elle doit contenir le mot *mourir* mais il ne faut le dire qu'une fois. Une fois suffit pour atténuer la transe qui les happera.

— Anatole ne va pas bien. Pas bien du tout. Il a besoin de vous pour…

Ma voix se brise, les mots sont coincés dans ma gorge. J'ouvre la bouche mais ils refusent de sortir. Je dois tenir bon pour eux.

— Pour l'accompagner. Nous avons donné tous les médicaments possibles. Nous avons fait le maximum.

Aucun des trois n'a bougé. Leurs cerveaux tentent d'appréhender l'inconcevable. Leurs yeux sont fixés sur moi. Ils attendent que je leur explique comment la vie peut s'effacer là où elle existait avec tant de force, dans ce petit corps chaud et dans toutes les promesses qu'il convoque. Je dois prononcer ce mot qui me donne envie de vomir. Ce mot que personne ne veut entendre.

— Je sais que c'est inimaginable mais Anatole est en train de mourir. Il a besoin de vous. De vos bras.

La fillette fond en larmes et, telle une cascade aux accents douloureux, les gémissements des parents suivent. Ils ne s'aperçoivent pas du chagrin de leur aînée qui s'est jetée à genoux sur le sol. Je m'accroupis pour être à sa hauteur. J'ouvre mes bras et elle se cale contre moi. Ses sanglots sont encore plus forts. Mes larmes coulent aussi maintenant.

Avec la souffrance collée à moi, je ne peux pas faire autrement. Je lui dis des trucs tout simples. Je lui dis *On est bien d'accord, les bébés ne peuvent pas mourir. Anatole ne devrait pas mourir. Ce n'est pas juste.*

Ses bras entourent mon cou et des larmes chaudes coulent le long de mon décolleté. Les miennes, les siennes, je ne sais plus. Elles se mélangent en un flot qui nous domine. Je tente de me maîtriser. On peut pleurer mais jamais plus que les parents. Je me répète cette limite. Je me rappelle leur perte. J'embrasse la petite et la serre contre moi. Je lui dis qu'Anatole est bien là où il est, qu'il veille sur elle et toutes ces choses qu'on nous apprend à l'école et qui sont censées apaiser la peine. Pourtant, rien n'a de pouvoir sur la vraie souffrance si ce n'est le temps. Il faudra des milliers d'heures pour retrouver la sérénité que je viens de briser.

Une collègue prend en charge Joséphine pour que je puisse m'occuper de ses parents.

Comme je le ferais avec une vieille dame, je passe un bras sous celui de Lucie. Elle a pris cent ans. Elle ne sent sans doute pas que je la soulève. Elle est ailleurs, avec Anatole et toutes les histoires qu'elle s'était racontées pour tenir le coup ici. Tous ces *Le jour où on rentrera à la maison*… et toutes les bonnes choses que l'on peut faire lorsque l'on s'en sort enfin. Autant de promesses qui s'évanouissent maintenant.

Une autre infirmière assiste le père. Nous sortons de la salle des familles et avançons lentement vers Anatole, en ce cortège qu'aucun autre parent ne peut ignorer tant il est secoué de sanglots puissants. Leurs cris s'élèvent dans le couloir et, à leur passage, imposent silence et recueillement. Des mains se glissent à travers l'orifice des couveuses, caressent un pied, une tête, se serrent autour d'une petite boule assoupie. La vie, même la vie pénible dans un service de néonatologie, reprend sa valeur. Leurs sanglots rappellent aux autres le cadeau qu'est le contact de cette peau tiède. Ils la touchent avec cette conscience nouvelle. Ils se disent que finalement, ce n'est pas si grave que ça d'être ici. En un instant, ils passent dans le camp des chanceux, de ceux qui ont tout car leur enfant est vivant.

Les parents d'Anatole franchissent le seuil. Ils sont tellement abattus qu'ils ne voient pas leur fils sur la table.

— Vous pouvez vous asseoir ici, dis-je en leur présentant deux chaises.

J'ignore pourquoi je prononce ces mots. De toute façon, ils n'entendent plus rien.

Je prends Anatole et le dépose dans les bras de sa mère.

— Nous allons enlever l'assistance respiratoire.

Je m'écarte pour leur laisser leur intimité. Lucie réalise soudain qu'elle tient Anatole et le presse contre elle avec force en hurlant. *Reste avec moi.* Elle crie encore. *Reste avec moi.*

Un instant, elle s'écarte de lui et Anatole pousse ce dernier souffle qui ressemble à une respiration. Lucie me regarde, incrédule.

— C'est un réflexe, Lucie. Je suis désolée. C'est terminé.

— Mais non, il a respiré ! crie-t-elle. Il a respiré !

Elle s'est levée et titube de chagrin.

— Vous devez le réanimer. Il respire ! insiste-t-elle en me tendant le bébé inanimé.

— Je suis vraiment navrée, Lucie. Nous ne pouvons plus rien faire pour lui.

— C'est faux, rugit-elle en s'approchant de la table de réanimation. C'est faux !

Maladroitement, elle pose son fils sur la table et tente un massage cardiaque.

— Aidez-moi, hurle-t-elle encore. Aidez-moi à le sauver !

Dans un sanglot que je n'ai même pas vu venir, j'essaie de la raisonner.

— Il est parti, Lucie. Il est parti.

Elle hurle encore et je veux l'entourer de mes bras mais ils sont trop lourds. Je ne parviens plus à bouger. La souffrance me transperce de toutes parts. Je veux prononcer un mot mais mon être s'est vidé.

10

MLLE PAPILLON

Extrait du carnet de bord de Mlle Papillon – avril 1921

Aujourd'hui, j'ai touché mon rêve du bout des doigts. Même s'il est encore loin et qu'entre nous les obstacles sont innombrables, il existe.

Si l'on me lisait, on me prendrait sans doute pour une folle. Je le suis peut-être. Folle de porter une telle ambition, folle de ne pas savoir la lâcher. Mais a-t-on le choix ? On naît avec une mission qui nous détermine. Chaque fibre de mon corps vibre pour ce projet et ma seule issue est de lui donner vie.

Vendredi dernier, lors d'une énième visite à la préfecture d'Amiens et alors que je descends les escaliers, dépitée, un nouvel échec en poche, l'on m'appelle.

« Mademoiselle Papillon, je crois que nous avons trouvé un bien pour vous. »

Une phrase un peu moche pour dire la plus belle chose au monde.

Avec force gestes, l'on me décrit une abbaye cistercienne éloignée de tout mais très bien conservée. L'abbaye de Valloires. Ma première réaction est évidemment la surprise. Comment peut-on envisager pareille destination pour un lieu religieux ? Je remercie mon interlocuteur et m'en vais, flanquée de mes scrupules à envisager la solution.

Les jours passent et donnent naissance à une nouvelle certitude. Peu importe les questions qui m'habitent, il faut aller voir.

Le voyage vers ce lieu reculé est long. Pourtant, la fatigue se dissipe à la seule vue de l'abbaye, recueillie dans un écrin de verdure. N'étant pas une experte en architecture, je n'appréhende qu'avec le cœur, les tripes, ce qui se dresse devant moi avec élégance. Je franchis le portail de Valloires, traverse la cour intérieure et ses communs et m'avance vers le corps. Je suis soufflée par l'harmonie avec laquelle les bâtiments abbatiaux s'érigent en une demeure aussi paisible que somptueuse. Je n'ai encore rien vu. Je progresse vers le cœur de l'abbaye, son cloître silencieux, un lieu qui force à s'asseoir. Sous une voûte, à même la pierre, je contemple ces dizaines de fenêtres qui sont sans doute autant de pièces à vivre. J'ignore si c'est son éloignement qui lui confère une atmosphère particulière ou si c'est le produit de sa solitude. La pierre qui domine, l'homme qui n'est plus. La grandeur de la nature qui est ici la seule présence, une sérénité que mes pas viennent contrarier.

Je veux tout à la fois visiter chaque recoin et rester là, dans cette paix qui m'a manqué. Pour la première fois, j'entrevois l'espoir d'un refuge.

Il faut achever mon tour avant la tombée de la nuit. Au hasard, je gravis l'escalier en pierre dans le coin gauche du cloître. Je pousse une porte en bois et découvre la salle des cloches. À ma gauche, une large galerie et ses alcôves. Je la parcours au pas de course, avide de découvrir son étendue et les possibilités qu'elle recèle. Ma chance est que cette abbaye aujourd'hui déserte a été rarement inoccupée dans le passé. Sa dernière affectation est un hôpital belge pendant la guerre. Ses locataires successifs l'ont maintenue dans un excellent état, certains involontairement, par leur simple présence, d'autres avec un soin particulier.

Partout où je regarde, je ne peux m'empêcher de transformer les surfaces, d'y placer des lits, des tables, des chaises. Les galeries sont à la fois vastes et lumineuses. Même si l'abbaye n'est pas équipée du chauffage, de l'eau courante ou de l'électricité, cela n'entame pas mon enthousiasme. Je dévale d'autres escaliers, traverse à nouveau le cloître et sors en direction des champs. Je veux admirer l'église tant qu'il fait encore jour. Je marche le long du mur et j'aperçois la courbe tendre du chœur de la chapelle. On m'avait parlé d'une église baroque et je suis étonnée de découvrir une architecture sobre, majestueuse. Dans cette lumière rose du soleil couchant, l'abbaye est comme enchantée. Il faut redoubler d'efforts pour pousser la lourde porte de l'église. Là, le choc est grand tant le ventre du lieu saint s'oppose à la simplicité de son architecture extérieure. Le style baroque s'impose partout, jusque dans les anges dorés qui semblent voler au-dessus de l'autel. Je ne peux m'attarder longtemps. Je dois trouver un coin pour dormir. Je quitte la chapelle à regret et reviens sur mes pas.

Partout où mon regard se pose, l'âme de l'abbaye s'anime. Les vieilles pierres chantent sa beauté. L'esprit qui règne ici me touche. Avec l'abbaye, je veux parler de cœur à cœur, telles deux vieilles amies qui se sont manqué. Je lui expose mon projet et elle me répond par le silence. Pour savoir si j'ai le droit de la choisir, je dois comprendre le sens de ce lieu, la mission qu'il recèle. Son énergie dormante est-elle prête à illuminer un projet, le mien ? Tout ici paraît prédestiné à accueillir.

Alors que la nuit tombe et que je me suis réfugiée dans ce qui ressemble à un grand salon, l'abbaye me répond enfin. Un lieu saint est un lieu qui veut être témoin de l'amour entre les hommes, qu'il prenne la forme de prières chuchotées par les moines ou d'une infirmière qui soigne un enfant.

C'est depuis cette salle que j'écris ce soir. C'est ici que je dormirai. Enfin.

Enroulée dans la cape d'infirmière qui me tient chaud depuis toujours, allongée sur mon lit de camp, à la lueur de ce feu qui intimide les indésirables, je veux rêver de Valloires.

Lui murmurer ma prière. Lui faire ma demande la plus importante.

Reste avec moi, s'il te plaît, reste avec moi.

11

— Racontez-moi ce qu'il s'est passé, me demande Héloïse, la psychologue du service.

Je veux ouvrir la bouche mais aucun son ne sort. Je regarde la boîte de mouchoirs sur la table basse qui sépare nos deux fauteuils et me dis qu'on doit beaucoup pleurer ici. Moi, je ne craquerai pas. J'ignore pourquoi je me répète cette phrase. Pourquoi ne faudrait-il pas craquer après tout ?

— Je ne sais pas pourquoi sa mort m'a touchée à ce point. Je dois être fatiguée…

— C'est quelque chose que vous faites souvent ?

— …

— Justifier vos émotions par la fatigue ?

J'ai beau retourner sa phrase dans ma tête, je n'en comprends pas le sens. Sans doute un peu comme les mamans qui débarquent dans notre service, mon cerveau sous le choc ne fonctionne plus correctement. Les mots se mélangent et leur danse ne m'aide pas.

— Est-ce que vous évoquez souvent votre fatigue pour éluder une discussion sur votre ressenti ?

Je reste silencieuse. Les mains sagement posées sur mes genoux, le dos droit et le menton relevé, je suis une élève qui passe un oral. Une élève qui ne percute pas. Alors le professeur essaie encore.

— Par exemple, si l'on vous demande comment vous allez, avez-vous tendance à parler de votre fatigue alors qu'en réalité, vous seriez plutôt triste ou en colère ?

— J'ai souvent l'impression d'être fatiguée, en effet. Alors que… qu'il y a sans doute autre chose. Une sorte de malaise.

Héloïse me sourit. Elle se penche en avant et pose ses coudes sur ses genoux.

— Qu'est-ce qui vous a tant touchée dans le décès d'Anatole ? demande-t-elle en me regardant dans les yeux.

Je me renfonce dans le fauteuil. Je tente de revenir près de lui, près de sa maman. Dans cet épisode récent et pourtant flou. J'entends à nouveau son dernier souffle et les cris qui suivent. Je vois le visage de Lucie déchiré par la souffrance. Puis mon prénom répété avec l'acharnement d'une mère qui perd son enfant. Mon prénom qui n'a jamais été chargé de tant de rage et de douleur. Mon prénom qui résonne soudain différemment.

Je fixe mes mains, dénuées de la magie nécessaire à renverser l'ordre du vivant. Inaptes à ramener les morts ici. Incapables d'offrir cette seconde chance à Anatole et à sa maman. La vision de ces mains stériles me brûle la rétine. Je veux lever la tête, jouer mon rôle d'infirmière auprès de cette maman effondrée. Je veux tout cela mais la volonté ne semble plus suffire. Mon corps ne répond plus, les mots n'obéissent plus.

— J'ai senti que je n'avais plus de pouvoir sur rien. Encore maintenant. Tout m'échappe.

Les larmes m'empêchent d'en dire davantage. Un sanglot silencieux étrangle ma gorge et retient toutes les belles phrases que je pourrais ajouter.

J'avais oublié leur tiédeur, leur goût salé, la façon dont elles chatouillent la peau en parcourant mes joues dans une trajectoire imposée par la gravité. J'avais oublié la faiblesse qui les accompagne. Je regarde la boîte de mouchoirs. Je n'ai pas la force de tendre une main, je veux rester groupée avec mon chagrin.

— Vous n'avez plus de pouvoir sur rien ?

Sa voix paraît tranchante depuis mon univers ouaté. Je lève la tête pour montrer que je suis toujours là.

— Je ne peux rien faire. Je ne le supporte pas. Je ne supporte pas d'entendre une mère hurler sa peine en répétant mon prénom. Je ne supporte pas d'être celle qui n'y arrive pas.

Héloïse me tend un mouchoir.

— Vous êtes-vous déjà interrogée sur les raisons pour lesquelles vous avez choisi ce métier ? Un métier qui implique aussi, parfois, de ne rien pouvoir faire.

Elle a prononcé cette question lentement.

— Je… je n'avais pas vu les choses comme ça, dis-je, comme si le sujet n'avait pas d'importance.

— Ce n'est pas un métier que l'on choisit par hasard, ajoute Héloïse d'une voix douce. Aucun de vos collègues ne l'a choisi par hasard.

La psychologue semble hésiter.

— Puis-je vous poser une question plus personnelle ?

— Bien sûr, dis-je sans réfléchir.

— Y a-t-il eu des bébés décédés dans votre famille ? Ou des bébés qui ont failli mourir ?

Sa question me fait l'effet d'une gifle.

— Pourquoi ? dis-je, sur la défensive.

— Parce que notre histoire au sens large peut influer sur nos décisions les plus importantes. Comme, par exemple, le choix d'une profession.

Mon corps se raidit.

— Oui. Oui, il y a eu un bébé qui a failli mourir…, dis-je en baissant les yeux comme si cette confession était honteuse.

— Vous voulez m'en dire plus ?

— Anatole, cela aurait pu être moi. Sa mère, Lucie, aurait pu être…

Les mots sont coincés dans ma gorge. Ils forment une boule dense qui me donne l'impression de manquer d'air. En un éclair, je me revois enfant à écouter ma mère me raconter l'histoire de ma naissance sous la forme d'un joli conte. Dans la seconde, ce conte se mue en un récit plus dur, celui que ma mère partage avec l'adolescente. Puis une nouvelle version terrible s'impose, celle qui s'adresse à la jeune adulte et n'élude plus aucun détail. Face à la jeune femme, ma mère ne s'efforce plus de retenir ses larmes. Elle me parle de ce bébé de vingt-huit semaines, un miracle à l'époque, attaché dans sa couveuse. Des images qui émergent la nuit dans mes cauchemars depuis dix ans. Des images qui se superposent aussi parfois à celles de mes bébés dans leur couveuse.

— Vous avez failli mourir ?

J'acquiesce.

— Je ne comprends pas pourquoi je pleure. J'étais si petite, je ne me souviens évidemment de rien, dis-je en levant les bras en signe d'impuissance.

— Pourtant, vous vous sentez triste en y pensant ? suggère Héloïse en me tendant un autre mouchoir.

— Je ne comprends pas, je ne me suis jamais trop attardée sur…

— Mais votre mère vous en a parlé ?

— Oui.

— Et comment l'a-t-elle vécu ?

— Une naissance est supposée faire partie des moments les plus joyeux mais pour ma mère…

Les larmes reviennent me contraindre au silence. Je les ravale comme je peux.

— Pour ma mère, mes premières semaines ont été… une réelle torture.

— Vous voulez me raconter ? demande la psychologue.

Je suis surprise qu'il faille développer. N'est-ce pas évident ?

— Mais parce que j'allais mourir ! Parce que j'étais maintenue dans une couveuse alors qu'elle aurait voulu me garder dans ses bras ! Parce que…

— Oui ?

— Parce qu'elle ne pouvait rien faire sinon me regarder subir la solitude et la souffrance !

— Elle ne pouvait rien faire, donc…

Je déteste la facilité avec laquelle les psychologues parviennent à nous mettre sous le nez tout ce qui a été occulté. Cela me donne l'impression de perdre à un jeu auquel je serais pourtant la seule à jouer. Comment ai-je pu passer toutes ces années en ma compagnie et, finalement, si mal me connaître ?

— Vous pensez que j'ai hérité de son impuissance, c'est ça ? dis-je sans trop savoir quoi en faire.

— Vous avez été spectatrice de son impuissance. Vous étiez aux premières loges dans votre couveuse puis toutes les fois, après, où elle s'est confiée sur sa douleur.

— Mais vous ne pouvez pas accuser ma mère ! Elle n'a jamais voulu me faire souffrir ! Ce n'est pas de sa faute si je suis mal aujourd'hui.

— Je n'accuse pas votre mère, répond-elle simplement.

— Ma mère est profondément bonne. Jamais elle ne ferait quoi que ce soit pour me blesser.

— Il ne s'agit pas de faute ici mais de ce que des vies qui se frottent l'une à l'autre peuvent créer comme souffrance, même involontaire. Chaque enfant intègre un peu de la douleur de son parent, tout comme il intègre sa joie, son énergie, ses valeurs. En grandissant, nous faisons un tri dans ces héritages. Nous en conservons une partie, parfois à nos dépens. Je crois que vous portez une partie de l'impuissance de votre mère et qu'ici, à l'hôpital, vous pouvez la revivre à l'infini.

Je dois me retenir pour ne pas quitter la pièce.

— L'impuissance de votre mère fait aussi écho à l'impuissance que vous avez pu ressentir bébé, abandonnée à des mains inconnues. Des études montrent aujourd'hui l'inconfort que représente une main sur un corps non développé. Encore plus si elle n'est pas annoncée, entourée de mots bienveillants. À l'époque, le personnel médical n'était pas conscient du ressenti d'un prématuré. Les bébés étaient parqués dans leur couveuse, impuissants, et les parents cantonnés à des heures de visite restreintes, impuissants eux aussi.

— Mais pourquoi est-ce que je m'obligerais à revivre une telle impuissance ? C'est complètement dingue ! dis-je, agacée par cette discussion.

— Pourquoi, selon vous ? rétorque-t-elle d'une voix calme.

Je me renfonce encore dans le fauteuil. Mon corps semble vouloir mettre un maximum de distance avec celle qui m'irrite.

— J'imagine que notre discussion peut être difficile pour vous mais j'aimerais que vous preniez le temps de répondre à ma question. Pourquoi choisiriez-vous de vous confronter à cette impuissance si elle vous fait souffrir ?

Dans ma tête, mes échecs personnels se bousculent comme si, finalement, je n'avais de pouvoir sur rien. Ni ici ni même en dehors de ces murs quand je lui fais face. À lui ou à tous les autres hommes que j'ai contemplés avant.

— J'ai du mal à y voir clair.

— Prenez votre temps, propose la psychologue. Nous avons tous une part aveugle qui nous échappe.

— Je ne parviens pas à comprendre… Si j'ai l'impression de n'avoir de pouvoir sur rien, pourquoi encore aggraver les choses en me confrontant à des situations où j'ai encore moins de pouvoir… C'est de la folie !

— Au contraire, vous poursuivez un but.

Je sais bien que je vais encore perdre la partie mais je ne peux m'en empêcher.

— Aidez-moi, je ne trouve pas.

— Peut-être essayez-vous de dépasser ce sentiment d'impuissance ? Vous le rejouez pour en trouver la clé… ? Comme un écolier retrace cent fois une lettre sur le papier pour l'assimiler, vous revivez cette expérience pour la maîtriser. C'est une hypothèse, bien entendu, ajoute-t-elle.

Je respire comme si sa réponse me prodiguait un peu d'air. Je regarde les couleurs de la pièce qui sont soudain plus lumineuses, la boîte de mouchoirs que je ne pouvais pas toucher et mes mains qui font ce qu'elles peuvent pour soigner. Puis je reste assise, silencieuse, à contempler cette nouvelle perspective.

12

MLLE PAPILLON

Quelque part dans la Somme, août 1921

Mlle Papillon lisse son uniforme d'infirmière. D'une main, elle replace un chignon qui n'a pourtant pas bougé. Elle est nerveuse comme si elle s'apprêtait à passer un examen. Dans sa tête, elle répète une nouvelle fois son discours. Les arguments doivent être clairs, précis, succincts. Il faut être percutante pour convaincre ce monsieur à l'agenda chargé.

Elle toussote pour s'éclaircir la voix. Autour d'elle, c'est l'agitation d'un jour de semaine. Elle se tient immobile, droite comme un I, au bord de la route principale. De temps à autre, elle se penche pour tenter d'apercevoir l'automobile du docteur.

Une petite heure s'écoule mais Thérèse Papillon ne se décourage pas. On lui a assuré qu'il passerait à son cabinet ce matin pour emporter quelques dossiers avant de partir en campagne électorale.

Le soleil est presque à la verticale lorsqu'une automobile s'arrête enfin à sa hauteur. Un homme d'une cinquantaine d'années en descend.

— Monsieur ? Êtes-vous bien le médecin-chef des Hospices de Campagne-lès-Hesdin ? tente-t-elle en s'approchant de lui.

— Oui, madame…

— Pourrais-je vous parler un instant ?

— C'est à quel sujet ? demande le médecin tout en se dirigeant vers son cabinet.

— Je dois m'entretenir avec vous au sujet d'une question… urgente, achève-t-elle après avoir hésité à utiliser ce qualificatif.

— Urgent ? Quelqu'un est-il en train de mourir ? s'enquiert l'homme d'un ton sarcastique.

— Oui et non, docteur.

Le médecin s'immobilise, intrigué.

— Je suis intéressée par Valloires, lance Mlle Papillon avec aplomb.

Son expérience en matière d'hommes pressés lui a enseigné à aller droit au but.

— Valloires ?

— L'abbaye de Valloires est placée sous la protection des Hospices de Campagne-lès-Hesdin et en tant que médecin-chef, j'ai besoin de votre accord…, commence-t-elle.

— Prenez rendez-vous avec ma secrétaire, l'interrompt le médecin. Je pars en campagne électorale dans quelques minutes, je n'ai pas le temps pour cela. Voyons-nous dans quelques semaines. Vous pourrez alors tout m'expliquer en détail.

Avant qu'elle ne puisse prononcer un autre mot, le médecin prend congé et se dirige vers son cabinet. Mlle Papillon le suit d'un pas rapide.

— Je ne peux pas attendre !

— Madame, je ne passe ici que pour emporter quelques dossiers. Alors, à moins que vous ne souhaitiez parcourir la campagne en automobile avec moi, je vous répète que nous pourrons nous parler à…

— J'accepte, dit-elle abruptement.

— Pardon ?

— J'accepte de partir avec vous.

Le médecin s'est arrêté devant la porte de son cabinet. Décontenancé par sa détermination, il détaille la jeune femme de trente-quatre ans. Est-ce son visage confiant ou son regard d'un bleu perçant qui lui inspire le respect ? Mlle Papillon hésite un instant puis ajoute :

— Puis-je vous accompagner ?

Le docteur sourit.

— Vous êtes une femme de tête… J'ai l'impression qu'il doit être compliqué de vous refuser quelque chose…

— Il semblerait, admet-elle avec un petit rire.

L'homme consulte sa montre.

— Attendez-moi ici ! Je n'en ai que pour peu de temps, ajoute-t-il en entrant dans son cabinet.

Quelques minutes plus tard, tous deux sont installés dans l'automobile du notable.

— Alors, racontez-moi tout, mademoiselle… ?

— Thérèse Papillon. Mlle Thérèse Papillon. Voyez-vous, docteur, j'ai besoin d'un lieu pour mes petits. La guerre a tout abîmé et a laissé notre région dans une grande pauvreté. Or, vous admettrez que la malnutrition et les conditions sanitaires font de nos enfants des proies faciles pour la tuberculose… La région a besoin d'un préventorium pour accueillir ceux qui sont à risque, poursuit-elle sans attendre de réponse à sa question.

— Et qu'est-ce qui vous a décidée pour l'abbaye de Valloires, qui est éloignée de tout ? Pourquoi pas l'abbaye au Gard, beaucoup plus accessible ?

— Le toit, monsieur. Mon père m'a conseillé de choisir le bâtiment doté du meilleur toit.

— Le toit, répète-t-il comme si ce mot allait lui indiquer l'orientation que doit prendre leur conversation. Et c'est à la préfecture d'Amiens que l'on vous a parlé de ce lieu ?

Mlle Papillon se contente d'acquiescer.

— C'est étonnant de vous l'avoir proposé ! s'exclame le médecin.

— J'imagine que la préfecture d'Amiens craignait de m'avoir en permanence sur le dos.

— Je veux bien le croire ! sourit le médecin.

Il devient à nouveau sérieux.

— Veuillez excuser ma curiosité, mais comment allez-vous faire pour créer un préventorium ? J'imagine qu'il faut du personnel, du matériel, des fonds pour mettre en œuvre un tel projet. Que ferez-vous, seule, de ces centaines de mètres carrés ?

Thérèse regarde les villages qui se dressent au loin, amas de maisons qui ont été épargnées par les bombes.

— Je pense que l'on n'est jamais seul lorsque l'on porte un idéal.

L'infirmière replace sa cape avant de poursuivre :

— Je ne sais pas comment je peux vous expliquer ma conviction profonde. Ce n'est sans doute pas très rationnel.

— Essayez, propose le médecin d'un ton affable.

L'automobile progresse sur les routes sinueuses de campagne.

— Je suis comme cela. Convaincue. Convaincue dans ma foi, convaincue de mon devoir, de ma responsabilité, convaincue parce que je ne sais rien être d'autre. Convaincue parce que le Seigneur porte ce rêve avec moi. C'est une force qui m'habite et parfois même me domine. Une énergie qui me pousse vers les enfants, vers ce lieu, vers ce projet qui fait sens. Je suis convaincue, répète-t-elle en levant les bras en signe d'impuissance.

— Déterminée, vous voulez dire ?

— Sans doute aussi, répond-elle avec un petit rire joyeux. Dans un tel projet, il faudra certainement user de créativité pour éliminer les obstacles, trouver le soutien financier, rallier d'autres à ma cause. Il le faut toujours lorsque l'on matérialise un rêve, le concret exige de l'effort.

Mlle Papillon marque une pause, cherche la meilleure façon de partager ce qu'elle ressent en cet instant précis.

— Ma conviction profonde me protège, elle m'évite de perdre pied car elle m'oblige à me concentrer sur le prochain pas. Et seulement sur celui-là. Le reste viendra avec le temps, avec le soutien de Dieu. Alors, docteur, m'aiderez-vous pour ce pas-là ? Me donnerez-vous votre autorisation pour installer le préventorium à Valloires ?

L'homme reste silencieux, le regard rivé sur la route. Thérèse ressasse leur entretien. Elle analyse chacune des phrases qui le composent. Elle se voulait efficace, elle tente maintenant d'évaluer la valeur de ses arguments, elle se reproche les digressions. Elle se demande si les mots étaient justes.

Tel un frisson, une tension parcourt son corps et vient se loger au creux de son ventre. Elle n'est plus rien d'autre qu'une femme en attente, prête à se déployer.

13

Anatole n'aura rien connu d'autre que la salle 79. Il n'aura pas senti l'air frais sur son visage, le soleil sur sa peau, l'herbe sous ses pieds nus. Il n'aura pas connu les bains et la douceur de l'eau sur son corps, ni le son de la vraie vie, celui des moteurs, d'un lave-vaisselle, le pépiement des oiseaux, le vent dans les arbres, la mine d'un crayon qui glisse sur une feuille. Il n'aura pas connu la vitesse, dans une poussette ou à l'arrière d'une voiture. Il ne saura jamais que la terre porte d'autres individus que les infirmières, ses parents et cette petite fille de quatre ans.

Il n'aura pas eu assez de temps pour découvrir le sein chaud de sa mère, le lait tiède qui emplit la bouche, émerveille les papilles et coule dans la gorge. Une vie trop courte aussi pour les histoires que lui promettait son père, pour rencontrer le labrador qui l'attendait à la maison, pour jouer avec tous les jeux que Joséphine avait disposés avec soin dans sa chambre.

Anatole ne se glissera pas dans ces moments conçus par sa maman, ceux qui l'aidaient à tenir, ces rêveries de choses toutes simples mais qui, ici, sont précieuses. Ce cerisier dont elle voulait lui montrer les fleurs au printemps prochain, ce séjour à la mer où elle l'imaginait faire ses premiers pâtés de sable, cette promenade qu'elle souhaitait faire avec lui, elle ne sait pas pourquoi. Cette promenade qui depuis l'hôpital lui apparaissait comme la plus merveilleuse des choses à vivre avec son bébé.

Anatole n'aura été qu'ici. Il n'aura connu que ce petit lit qui n'est même pas un lit. Que cette même odeur d'hôpital, mélangée parfois au parfum de sa mère, plus rarement au mien. Il aura vécu quatre semaines et trois jours et sa vie n'aura été composée que de cela.

Voilà ce à quoi j'ai songé tout le long du trajet vers le chalet. À tout ce qui avait été, à tout ce qui ne serait jamais. À la façon dont les vies s'articulent et prennent ce qu'elles peuvent avant de s'évanouir. J'ai pensé à tout cela et j'ai pleuré sans parvenir à m'arrêter. J'ai pleuré comme je n'avais jamais pleuré. J'ai pleuré pour lui, pour Lucie, pour Joséphine, pour tous ceux que sa perte marquerait.

Étrangement, j'ai aussi pleuré pour moi. La vie d'Anatole me ramenait à la mienne, à sa vacuité. Je peinais à voir la route tant les larmes coulaient. Après avoir été retenues longtemps, elles prenaient le pouvoir. Je ne pouvais plus rien contre elles, je ne pouvais plus les ravaler une énième fois parce que ce n'est pas le moment, parce qu'il y a toujours ces autres dont la souffrance est plus grande. Parce que toute ma vie d'adulte, il y avait toujours eu plus grave, plus urgent. Parce que j'étais si douée pour mettre dans une petite boîte les sentiments dérangeants. Dans l'habitacle, mes sanglots se relayaient. J'avais l'impression de ressortir des vieux dossiers mais en réalité, ils étaient toujours d'actualité. J'étais encore cette même fille, happée tout entière par son travail, incapable d'exister ailleurs, incapable d'approcher un homme autrement qu'en rêve.

Épuisée, je me suis couchée avec tous ces constats dépourvus de solutions et j'ai dormi onze heures d'affilée d'un sommeil noir, lourd, une chape de plomb.

Cet après-midi, la pluie tombe avec force. Je me suis abritée sous un arbre dans l'attente qu'elle faiblisse mais le ciel se déverse sans discontinuer depuis une heure. Je pourrais courir sur les quelques centaines de mètres qui me séparent du chalet et m'y réfugier. Au lieu de cela, je m'attarde sous les branches dégarnies d'un vieil arbre. Pour une raison étrange, les éléments qui se déchaînent ont toujours eu le mérite de m'apaiser. Alors je reste assise ici, à contempler la tempête, niant celle qui m'habite. La pluie qui transperce le lac, telles des lames, m'absorbe. Mes pensées deviennent secondaires, s'effacent devant la nature en furie. De temps à autre, une salve d'eau s'abat sur la surface lisse du lac. Elle initie un mouvement, se soulève en une vague qui le parcourt et s'évanouit quelques secondes plus tard.

Je me demande à quel moment ma chute a débuté. Elle semble lente, diffuse, éparpillée sur les deux dernières années. Je ne me souviens pas du matin où je me suis levée avec moins d'entrain. Quand ai-je cessé de m'asseoir près des mamans de la salle 79 ? Était-ce seulement volontaire ? Comment peut-on répéter un geste des milliers de fois puis l'éliminer de son quotidien sans même s'en apercevoir ?

Une brume légère s'est formée sur l'eau. Le jean trempé, les mains gelées, je dois quitter ma pierre et mon spectacle. Je resserre mon écharpe et les cordons de ma parka. Dos rond, je sillonne le petit bois, longe la berge jusqu'à l'escalier en bois qui mène au chalet. La pluie a glacé mon visage et je reçois comme un souffle chaud l'air confiné du salon. J'essuie mes pieds, enlève bottes et ciré.

En quelques gestes, j'allume un feu avec le bois que j'ai engrangé pour l'hiver. La pièce de vie principale bénéficie d'une large baie vitrée qui domine le lac. Le plus souvent, je m'installe sur la méridienne du salon pour lire un roman ou contempler la nature. Cet après-midi, je m'enroule dans un plaid, une tisane à la menthe dans une main, le manuscrit de ma mère dans l'autre, une posture délicate que je maîtrise désormais.

Je ne peux m'empêcher de jeter un regard vers la fenêtre à ma droite, celle qui donne sur son chalet. Toutes les lumières sont éteintes. Toujours aucun signe de vie et nous sommes déjà samedi après-midi. Je me fais l'effet d'une vieille commère à surveiller les allées et venues de mon voisin. Je me suis habituée à sa présence, à ses fenêtres illuminées, à ses sorties pour prendre quelques bûches sous l'abri ou boire un café face au lac, autant de moments qui viennent briser le silence qui m'entoure.

La sonnerie du téléphone retentit.

— Allô ?

— Ma chérie ! Comment vas-tu ?

— Bien, et toi ?

J'essaie d'adopter un ton léger.

— Alors ? demande-t-elle sans prendre la peine de répondre à ma question.

— Oui ?

Les questions de ma mère sont souvent énigmatiques. Je crois qu'elle mise sur notre entente implicite. Nous nous aimons, donc nous pouvons nous passer de précisions pour nous comprendre, sauf que non, les phrases complètes demeurent nécessaires.

— Le manuscrit ? ajoute-t-elle.

Elle recommence à me jeter de simples mots.

— Il est…

— Oui ? fait-elle, déjà inquiète.

— Évidemment, j'aime beaucoup mais il est tellement différent des autres… J'avoue avoir été un peu déstabilisée au début.

— Et qu'en penses-tu ?

Je me lève et m'appuie contre la baie vitrée. La pluie a cessé et un arc-en-ciel se dresse maintenant tel un pont entre les rives du lac. J'entrouvre la porte pour respirer le parfum de la nature détrempée.

— Je ne m'attendais pas à une histoire qui se déroule au siècle dernier. C'est particulier car elle est infirmière, comme moi, dis-je sans trop savoir pourquoi.

— Oui ?

— Mais, elle, elle n'est pas fatiguée… elle a l'air infatigable…

— C'est vrai.

— Cela m'intrigue. Je voudrais savoir comment on fait.

Je me laisse tomber sur la méridienne et replie mes jambes pour y appuyer mon menton. Dans la cheminée, le feu crépite.

— Gaby, tu as le droit d'être fatiguée. Chaque fois qu'on aborde le sujet, j'ai l'impression que tu as honte.

Je reste silencieuse. Le soleil a commencé à plonger derrière les nuages. Je guette les premières étoiles. Ici, loin de la ville et de ses lumières artificielles, la visibilité est excellente.

— Le souci c'est que… je pense que c'est plus que de la fatigue… J'ai l'impression de ne pas fonctionner normalement, maman. Comme si j'étais construite à l'envers…

— À l'envers ? répète-t-elle.

— Oui, je ne devrais pas être comme cela, comme je suis aujourd'hui.

— Et tu devrais être comment alors ?

— Plus forte. Moins touchée. C'est cela, moins facilement touchée…

Je sais que ma mère se tait pour que je développe.

— Plus forte, comme Mlle Papillon dans ton roman, par exemple. En fait, c'est exactement cela. Là, juste maintenant, je voudrais être un personnage de roman. Tu me donnerais tous les traits dont j'ai besoin pour fonctionner dans la salle 79 et j'y arriverais. Enfin.

— Si je peux me permettre, j'ai déjà créé une version absolument parfaite.

Le paysage sombre doucement dans l'obscurité.

— Tu as déjà connu cela ? De te sentir si peu en adéquation avec le monde qui t'entoure ?

Ma voix est maintenant plaintive. J'ai horreur de cela. Gémir dans mon joli petit chalet.

— Chaque fois que je me suis sentie en parfaite adéquation, ce moment a été précédé par un autre. Où c'était tout l'inverse. C'est le principe même de notre existence. Perdre l'équilibre puis le rétablir. Chaque fois plus solide.

Quelques étoiles illuminent le ciel, juste au-dessus des montagnes dont les sommets paraissent bleus. Je soupire.

— Je suis certaine que tout ira bien pour toi, Gabrielle. Je sais que ce n'est pas le cas aujourd'hui mais rien ne reste en l'état, tout change.

Depuis le début de notre conversation, une question me brûle les lèvres.

— Pourquoi me faire lire cette histoire sur une femme qui semble tellement exceptionnelle ? Pourquoi ?

Ma question prend les accents d'un reproche.

— Je n'ai pas besoin d'être confrontée au meilleur lorsque je me sens si petite, si inutile, si médiocre.

— Si, justement, tu en as besoin plus que jamais. Il y a des choses que tu dois savoir, que je ne peux partager qu'à travers cette histoire.

On frappe à la porte. Je consulte ma montre, étonnée.

14

MLLE PAPILLON

Abbaye de Valloires, le 2 février 1922

Depuis son arrivée ce matin, Thérèse Papillon inspecte les lieux. Dans un carnet qu'elle balade partout avec elle, elle inscrit le nombre de pièces, leur usage potentiel, les besoins urgents, ceux qui le sont moins, même s'ils le sont tous un peu. Ses pas résonnent dans la galerie, puis dans les escaliers, sur la pierre du cloître, autant d'échos qu'elle n'aurait jamais espéré entendre.

L'ensemble des bâtiments abbatiaux offre des possibilités nombreuses même si, au vu des réparations nécessaires, seule une occupation progressive des lieux peut être envisagée.

Pour chaque salle, Thérèse répète les mêmes gestes, tel un rituel qu'elle s'applique à reproduire patiemment. Elle s'arrête sur le seuil et marque une courte pause, comme si elle présentait ses respects à la pièce avant d'en frôler le sol. Puis, à la façon d'un géant aux bottes de sept lieues, elle la traverse en quelques enjambées en comptant tout haut. Elle inscrit ces chiffres, mesures imprécises. Elle s'adosse au mur et compte les fenêtres, évalue à nouveau leur taille, passe une main sur les châssis pour apprécier leur capacité à isoler du froid. Aucune n'est hermétique mais elle doit effectuer un classement pour savoir lesquelles restaurer en priorité.

L'infirmière se place ensuite au centre de la pièce et tourne lentement sur elle-même, effectue quelques pas dans un sens puis dans un autre, s'accroupit, se relève, tourne encore, ouvre les bras, s'éloigne enfin pour admirer les meubles que son imagination a disposés dans la salle. D'un regard patient, elle parcourt les murs, le plafond, le sol. Lorsqu'elle pointe un défaut, un trou ou une usure accessible, elle caresse l'aspérité et jauge son importance. Elle reprend toutes ces données dans son carnet, envisage les travaux et l'ameublement nécessaires.

Mlle Papillon a rallié à sa cause deux dames, qui la suivent partout tel l'entourage d'une reine. Marie-Paule et Marie-Louise se sont portées volontaires pour l'assister dans son entreprise.

— Vous pouvez commencer à installer ici les quelques lits reçus, suggère Mlle Papillon en pointant du doigt le coin gauche de la galerie. Vous pouvez les empiler car il faudra nettoyer avant.

Depuis son arrivée ce matin, elle accueille les dons. Ils proviennent de familles aisées ou de la Croix-Rouge.

— Il va nous falloir des poêles, ajoute Marie-Paule en resserrant un châle autour de ses épaules.

Par-dessus son uniforme d'infirmière, elle a enfilé plusieurs autres couches et son accoutrement lui donne l'allure d'une bien-portante.

— Vous croyez que cela suffira? demande Marie-Louise, songeuse.

La jeune femme est vêtue d'un pantalon, d'une chemise et d'un gros pull en laine vert qui rehausse l'éclat de ses yeux.

— Les petits ne connaissent pas le luxe. Ils feront avec et nous aussi ! réplique Mlle Papillon.

Il y a encore beaucoup à accomplir avant la tombée du jour. Les heures défilent avec leur lot de surprises, certaines agréables, d'autres moins. Le reste du personnel la rejoindra cet après-midi. En quelques mois, Thérèse a su constituer une petite équipe, composée d'un homme à tout faire et de plusieurs infirmières. Les prochains jours, elle devra se concentrer sur une autre mission : rendre visite aux familles aisées de la région pour obtenir une aide matérielle et financière.

— Marie-Paule, peux-tu dresser la liste des choses qu'il faut trouver en priorité ? J'ai déjà noté : une cuisinière, des lampes à pétrole, des couvertures, de la vaisselle, des chaises, des tables, des lits, toujours plus de lits, des bassines pour la toilette…, lit Thérèse à voix haute.

— Justement. Comment allons-nous faire sans l'eau courante ? demande Marie-Paule.

— Il y a un puits dans le jardin, répond Marie-Louise.

— Pour une centaine d'enfants ? C'est bien cette capacité que nous envisageons, non ? insiste Marie-Paule.

— Au départ, il faudra s'en satisfaire si nous voulons ouvrir avant l'été. Nous n'avons ni le temps ni l'argent pour fonctionner autrement, répond Mlle Papillon.

— Heureusement, la guerre, en nous privant de nos hommes, nous a transformées en femmes fortes ! Ce ne sont pas quelques seaux qui vont nous faire peur ! lance Marie-Louise en gonflant ses biceps.

Thérèse procède de cette façon sur de nombreux points. Faire avec ce que l'on a, gérer plus tard, décider que tel poste n'est pas indispensable, que tel autre est un luxe. Autant de formules qui ponctuent leur matinée.

Ici, la nécessité revêt des contours différents, elle se plie à la réalité d'après-guerre, se réduit à quelques essentiels. Le reste devra être le produit de la Providence.

Personne n'ose relever que c'est impossible, que le projet est trop ambitieux. Ces dames ne peuvent gaspiller leur énergie à débattre d'évidences. Elles ont appris à fermer les yeux sur les faiblesses de l'entreprise et se concentrent sur les petits à accueillir.

— La première chose à faire est de tout nettoyer, reprend Marie-Louise en retroussant ses manches. Je propose de former une équipe pour cette tâche dès cet après-midi pendant que vous continuerez à faire les inventaires.

— Parfait ! Seules les pièces indispensables doivent être propres : le grand salon, le réfectoire, les cuisines, le dortoir et ce qui nous servira de salle d'eau. Nous pouvons laisser le reste pour plus tard, lance Thérèse avant de s'éloigner pour faire le point sur une autre pièce.

Extrait du carnet de bord de Mlle Papillon – le 2 février 1922

Ce soir, mes compagnes doivent me trouver bien secrète, recroquevillée sur mon carnet. J'avais besoin d'écrire en cet instant où mon rêve prend forme. Impossible de partager avec elles mon émotion. Je ne suis pas comme cela, à parler des sentiments qui me débordent. Ce n'est pas dans mon caractère. Sans doute me considèrent-elles comme une femme autoritaire, avec mes ordres incessants, dénués d'appendices polis. Je manque de temps pour les jolies formules. J'espère qu'elles peuvent lire la reconnaissance dans mes yeux.

De toute façon, si on consacre sa vie aux autres pour des mercis, cela ne dure pas longtemps. On donne parce que cela a un sens profond pour soi. Parce que c'est ce qui nous nourrit, nous élève, nous anime. C'est une tout autre posture. On devient ces mains qui dessinent un rêve et l'individu disparaît au profit d'un miracle, celui d'enfants qui trouvent enfin refuge.

Le conflit des hommes nous a laissé une chance à nous les femmes. Pour la première fois, nous pouvons porter seules nos ambitions. En nous privant des hommes, la guerre nous a pourvues d'un droit d'initiative, d'une détermination nouvelle, d'une liberté inespérée. Au début, on ne savait pas trop quoi en faire. Il a fallu apprendre, et vite.

Ces attributs masculins nous appartiennent désormais. Même si la région se peuple à nouveau du sexe fort, je veux conserver ces atouts. Je veux que Valloires soit portée par des femmes, qu'elle soit notre cadeau, produit de ce temps de liberté qui nous a été accordé.

J'ignore si mes compagnes ont compris mon entêtement à débuter notre aventure ce 2 février. Sans doute m'ont-elles prise pour une extravagante à insister depuis des semaines, à naviguer entre les exigences, à tout faire pour que notre première nuit dans les lieux soit à cette date.

En réalité, j'avais besoin d'un signe fort pour me lancer dans ce projet. J'ai dû manœuvrer pour que ce signe prenne forme, telle une étoile dans ma nuit, que le jour de la fête des Lumières accueille pour toujours chaque anniversaire de Valloires et l'enveloppe de son atmosphère magique.

Mademoiselle Papillon

Je voulais que, comme Siméon devant Jésus, chacun ici reconnaisse en nos futurs enfants quelque chose qui nous dépasse. Parce que c'est seulement de cette façon que nous pourrons avoir l'énergie pour les petits. Éblouies par leur mystère.

15

— Bonjour, je suis votre voisin, Adam, déclare-t-il en me tendant la main.

Il porte ma chemise préférée. Je voudrais prononcer un mot. Penser à autre chose qu'à cette chemise.

— Je suis désolé de vous déranger, poursuit-il. Je voudrais vous emprunter quelques bougies… J'ai une panne de courant. Je pensais résoudre le problème avant la nuit. Du coup, je n'ai pas eu le temps de m'approvisionner en piles pour ma lampe de poche ou en bougies. J'ai toujours été fort optimiste.

Il accompagne cette dernière phrase d'un petit rire. Avec le froid glacial, il bouge d'un pied sur l'autre pour se réchauffer. Mon téléphone sonne à nouveau. Par réflexe, je consulte l'écran. C'est l'hôpital.

— Je suis désolée. Je dois prendre cet appel, dis-je en montrant le combiné.

Il me faut encore quelques secondes pour réaliser que je ne l'ai pas invité à l'intérieur. Je lui fais signe d'entrer.

— Allô ?

— Gaby, je suis désolée mais tu dois venir nous aider, lance Catherine sans préambule.

Aller à l'essentiel est un des nombreux attributs de notre profession, avec les imprévus, les incertitudes et les veines trop fines pour être piquées.

— Une nuit difficile ?

— Oui. J'imagine que tu es au chalet et je ne t'aurais pas appelée si j'avais d'autres options. Il y a beaucoup d'infirmières malades et cinq mamans en travail. Nous rappelons un maximum de personnes…

Catherine s'interrompt. Je l'entends respirer dans le combiné. Elle hésite à poursuivre, à livrer une autre information. À l'hôpital, elle est celle dont je suis la plus proche. Nous avons fait nos premiers pas ensemble. J'ignore si notre amitié s'est imposée à force d'évoluer sur le terrain en binôme ou si elle est l'alliance naturelle de deux personnalités qui s'accordent.

— Il y a autre chose, non ?

Je veux savoir même si je sais qu'elle se tait pour me préserver.

— On en parlera quand tu arriveras, répond-elle.

— Dis-moi. S'il te plaît.

— Excuse-moi, je dois te mettre en attente, déclare-t-elle sans me laisser le temps de réagir.

Avec l'adrénaline, j'avais oublié la présence d'Adam. Je me tourne à nouveau vers lui. Depuis ma terrasse, il paraissait beau. Il l'est mais d'une autre façon. Par manque d'imagination, j'envisageais une beauté lisse, tout droit sortie d'un magazine. Mon regard s'attarde sur ses traits, sur ces détails charmants qui compromettent l'idéal masculin. Une barbe de quelques jours, une légère asymétrie du visage, une cicatrice, ligne fine juste au-dessus du sourcil. Pour le reste, Adam a un physique classique : épaules carrées, torse large, jambes musclées, cheveux bruns légèrement ondulés.

— J'ai été mise en attente. Je vais en profiter pour aller voir ce que j'ai, lui dis-je en éloignant le combiné et sa musique d'attente nasillarde.

Je me rends dans la cuisine et, calant le téléphone entre l'oreille et l'épaule, je fouille le contenu de mes tiroirs en quête de bougies. Je rassemble ce que je peux, certaines entamées ou émaillées, d'autres intactes mais recouvertes d'une fine pellicule de poussière, indice parmi d'autres que mon existence est dénuée de dîners aux chandelles.

Mon ventre se serre à l'idée de prendre la voiture pour rouler de nuit jusqu'à l'hôpital. Une part de moi voudrait inventer une excuse, me soustraire à mes obligations, gagner du temps loin de la salle 79.

— Pardon, l'attente était un peu longue. On peut compter sur toi alors ?

La question est une simple formalité. Nous savons toutes que face à ce genre d'appel, le choix n'existe pas.

— Oui, bien sûr. Mais tu oublies de me dire…

— Louis est instable depuis ce matin, coupe-t-elle.

J'essaie de respirer. Lentement. Profondément.

— Je suis vraiment navrée. L'affluence et l'instabilité de certains bébés ont contraint une partie de l'équipe à faire une garde plus longue. Nous devons relayer ces infirmières. Les néonatologues sont déjà sur place.

Mon regard glisse à nouveau vers Adam à qui je ne me suis même pas présentée.

— Je fais au plus vite. Juste le temps de fermer le chalet.

J'aimerais lui demander si elle sera encore là à mon arrivée mais je ne veux pas qu'elle s'inquiète. Je raccroche et pose le combiné sur le plan de travail.

— J'ai trouvé ceci, dis-je en tendant à Adam une caisse de bougies. Prenez ce dont vous avez besoin. Je dois aller me changer et boucler ma valise. Pardon de vous laisser comme cela mais j'ai un imprévu.

Sans attendre de réponse, je vais dans ma chambre. J'attrape des vêtements propres et les pose sur le lit. Je m'apprête à me déshabiller quand je prends conscience de l'énormité de la situation. Dans quelques secondes, je serai dévêtue, à seulement quelques mètres de lui.

J'ôte mon pull et fais glisser mon jean à mes pieds. La lampe de chevet teinte la chambre d'une lueur chaude. Un instant, mon regard capte le reflet dans le miroir. J'y découvre ce corps que je ne connais plus. Ce corps aux courbes douces, ce ventre plat, ce teint qui me ressemble si peu. Il est éclatant alors que je me sens vide d'énergie. Sans le vouloir, je me souris. Je voudrais m'asseoir sur ce lit et l'attendre. Je voudrais qu'il pousse la porte et reste un instant sur le seuil, que ses yeux se posent sur mon corps avant que nos lèvres se touchent. Que tout soit à l'envers, comme je le suis aujourd'hui.

Mais la salle 79 exige ma présence. Une fois de plus, elle m'appelle à elle alors que je voudrais vivre autre chose.

— J'ai ce qu'il me faut ! lance-t-il depuis le salon.

Sa voix me parvient facilement, comme si nous étions dans la même pièce. Je m'empresse d'enfiler ma tenue et de refermer mon sac.

— Pardon pour l'attente, dis-je en revenant dans le salon.

— Pas de souci, répond-il poliment. Je vais vous laisser vous préparer…

— Navrée de ce contretemps ; je suis appelée en renfort.

— Bien sûr, c'est moi qui vous dérange…

Il me sourit. Il s'avance vers la porte et pose sa main sur la poignée. J'ai envie de le retenir mais déjà l'air glacial de ce début de soirée s'engouffre dans le salon. Il annonce une transition douloureuse, m'éloigner de lui pour retrouver ma solitude au milieu des bébés.

Adam m'adresse un signe de la main et referme la porte. Je pourrais courir, le rattraper, lui proposer de rester. Au lieu de cela, je prends mon sac et y glisse le manuscrit sur Mlle Papillon. Même si je n'aurai pas le temps de le lire, je veux qu'elle reste avec moi.

16

MLLE PAPILLON

Abbaye de Valloires, mars 1922

— Mais nous n'avons pas assez ! objecte le trésorier.

L'homme a durci le ton, comme tous ceux qui espèrent enfin être entendus.

— Mon cher, avec tout le respect que je vous dois, je vous prie de refaire vos calculs car ne pas avoir assez n'est pas une option, rétorque Mlle Papillon en se levant pour abréger leur conversation.

— Mais les chiffres ne sont pas le problème ! Je peux recommencer les comptes mille fois, le résultat sera exactement le même et vous le savez ! insiste-t-il.

Thérèse s'immobilise dans l'embrasure de la porte. Le trésorier encore courbé sur sa feuille lève la tête vers elle. Au cours des derniers mois, il n'a jamais lâché prise sur aucun poste. Il sait qu'il faut injecter une certaine dose de réalité dans ce projet sinon il s'écroulera. Même si leur amitié est chahutée par ces luttes, chacun doit tenir son rôle. Leur réussite exige qu'ils s'affrontent. Alors, encore une fois, elle replace son voile et bombe le torse pour asseoir ses propos.

— Dieu est à nos côtés. Nous trouverons l'argent en temps voulu parce que Valloires doit exister. Nous sommes sur le point d'accueillir nos premiers enfants. Nous avons toujours fonctionné avec trop peu. Depuis des mois, notre entreprise est utopiste et pourtant nous sommes là. Avec ces lits à remplir. Avec ces mains bénévoles pour aider. Avec ces solutions qui s'enfilent telles les perles d'un collier.

— Mais…

Elle ne le laisse pas terminer. Aujourd'hui, elle n'a pas l'énergie pour un débat.

— Vous êtes notre trésorier et votre contribution est essentielle. Nous devons tous les deux nous concentrer sur notre tâche. La mienne est d'organiser l'accueil des petits, la vôtre est de vous appesantir sur notre situation financière.

La mine pâle, l'homme referme le livre des comptes et range son stylo dans la poche de son veston. Il baisse la tête, signe qu'il abandonne le combat pour aujourd'hui. Mlle Papillon a posé la main sur la poignée de la porte mais quelque chose la retient. Elle n'aime pas vaincre, surtout un homme aussi bon.

— Donnez-moi un montant précis et je vous promets de rendre visite à quelques familles de la région avant la fin de la semaine, ajoute-t-elle avant de le quitter. Je suis navrée, je dois vous laisser. J'ai une nouvelle candidate qui m'attend.

Mlle Papillon longe le cloître jusqu'à la partie du bâtiment qui abrite désormais ses bureaux, pompeusement appelés « Centre administratif de Valloires ». Elle gravit les marches à la hâte. Dans le couloir à l'étage, quelques chaises ont été disposées le long du mur, en guise de salle d'attente. Une jeune femme en uniforme d'infirmière l'attend.

— Bonjour mademoiselle, êtes-vous Camille ?

La jeune fille acquiesce.

— Venez, suivez-moi dans mon bureau, nous serons plus à l'aise pour discuter.

Mlle Papillon la précède et ouvre la porte sur une pièce petite mais lumineuse. D'un geste, elle propose à la demoiselle de s'asseoir sur l'unique chaise face au bureau. Thérèse prend place dans son siège et ouvre un dossier. Elle en extrait plusieurs documents dont une lettre manuscrite qu'elle parcourt rapidement.

— Je vois que vous avez été chaleureusement recommandée pour ce poste.

— J'ai beaucoup de chance, répond humblement la jeune fille.

Elle a relevé ses cheveux en un chignon épais. Ses joues rebondies et ses yeux en amande forment un ensemble harmonieux.

D'expérience, Thérèse sait que la candidate a les qualités pour le poste. Les lettres de recommandation et la bonté naturelle de la jeune fille en attestent. Pourtant, elle doit procéder à cet entretien, une formalité parmi d'autres. En quelques semaines, les demoiselles n'ont pas seulement organisé les lieux, elles ont également essayé de professionnaliser leur fonctionnement. Elles ont mis par écrit des procédures, un règlement intérieur et quelques autres normes qui leur ont paru opportunes.

Thérèse baisse les yeux sur la feuille qui répertorie les questions de l'entretien d'embauche.

— Connaissez-vous la mission de notre préventorium ? demande-t-elle en prenant son stylo.

— Oui, en partie… Il s'agit de s'occuper d'enfants dans le besoin.

— En effet, nous accueillons les enfants fatigués, malnutris ou tout simplement issus de milieux défavorisés. L'objectif est de leur permettre de se refaire une santé pour qu'ils ne soient plus une proie pour la tuberculose. Ici, ils vont pouvoir manger à leur faim, se reposer même en journée, profiter du bon air.

Mlle Papillon présente pour la première fois son projet comme abouti. En détaillant l'entreprise, elle ne peut s'empêcher de ressentir une joie profonde. Dans sa tête, les mots suscitent autant d'images merveilleuses d'enfants jouant ensemble ou se reposant dans la galerie lumineuse dans laquelle ils ont installé le dortoir.

— C'est admirable.

La voix fluette la tire de sa rêverie.

— Chaque enfant restera plusieurs semaines, le plus souvent plusieurs mois, dans nos murs. Cela signifie que nous ne devons pas seulement leur offrir un service irréprochable. Nous devons aussi leur offrir l'affection qui les aidera à se sentir chez eux. Ce sera même vital pour les plus jeunes. Vous voyez ?

— Oui, très bien. Ma maman disait toujours qu'il n'y a pas que la nourriture qui fait grandir, les câlins aussi !

Thérèse lui sourit puis baisse les yeux sur sa liste de questions.

— Nous voulons améliorer la vie de nos pensionnaires mais nous espérons également que notre action contribuera à faire reculer ce fléau. Évidemment, il y aura beaucoup de travail. Je suppose qu'il ne vous aura pas échappé que nous ne disposons pas de l'eau courante, de l'électricité ni du chauffage. Est-ce que ces conditions vous effraient ?

La demoiselle étouffe un petit rire. Thérèse la toise, surprise.

— Je vous prie de m'excuser. C'est juste… votre question est amusante au sortir de la guerre…

— Il est vrai que le confort n'est la règle nulle part mais je préfère vous prévenir. Ces conditions nous contraindront à un travail plus lourd, notamment pour la toilette des enfants et l'entretien de la maison. Et…

Mlle Papillon veut poursuivre mais se résout à faire un geste qui, dans son esprit, résume les autres tâches qu'elle pourrait mentionner.

— Je suis consciente qu'il y aura beaucoup de travail, confirme Camille en souriant. Beaucoup de travail mais avec les enfants, n'est-ce pas ?

— Bien sûr ! Vous aimez les enfants donc ?

— Je les adore !

La jeune fille couvre sa bouche de ses mains. Cette réponse lui a échappé. Chacun sait que l'on n'adore que Dieu ! Mais Thérèse ne voit dans cette spontanéité qu'un enthousiasme qui la conforte dans sa première impression. La jeune fille est parfaite pour le poste.

Elle jette un dernier regard à sa liste de questions avant de ranger la feuille dans le tiroir. La procédure est aussi faite pour y déroger, songe-t-elle.

Il ne lui reste qu'un point à régler.

— Vous savez sans doute que nous ne sommes pas en mesure d'offrir un salaire ? demande Mlle Papillon.

La jeune fille ne semble pas étonnée.

— Être nourrie et blanchie est déjà une forme de salaire, se contente de répondre la demoiselle.

— Parfait ! lance Thérèse. Quand pouvez-vous commencer ? Demain ?

Extrait du carnet de bord de Mlle Papillon – avril 1922

Seules quelques semaines nous séparent de notre première nuit ici. Alors que la misère grouille dans la région, notre demeure revêt l'allure d'un palais. La noblesse des pierres fait oublier l'absence d'eau, d'électricité et de sanitaires corrects. C'est préférable. C'est ce que j'ai choisi de penser en tout cas. Les parents qui nous envoient leur petit ne connaissent pas ces fastes du monde moderne. Nous n'avons pas à leur donner l'habitude de ce luxe. Je ne veux pas de décalage susceptible de les éloigner de leur famille. Il faut se concentrer sur l'essentiel pour un accueil impeccable : un lieu chaud, lumineux, propre, et une nourriture agréable.

Ce matin, j'ai accueilli mon premier enfant. Parce qu'il est le premier, son visage restera gravé dans ma mémoire, ses traits progressivement mélangés à ceux des autres qui suivront. C'est tout ce que j'espère.

Antoine a douze ans mais il en paraît neuf. La maigreur freine la croissance, transforme un corps pour lui donner cet âge incertain, association d'un regard sage flanqué d'un torse d'enfant. La violence des hommes provoque toutes sortes de départs prématurés. Avec la guerre, les jeunes ont quitté brusquement l'enfance. Comment ne pas devenir un homme dans l'instant lorsque l'on connaît la mort et la famine ?

Comme les autres de son âge, il a voyagé seul, un bagage léger à la main. Il a l'air perdu devant notre grande demeure. Étonné aussi.

Je suis debout à l'attendre près du portail lorsqu'il le franchit seul, ignorant qu'il est la première manifestation de mon rêve.

J'ouvre les bras et souris. Je lui lance un simple : « Bienvenue Antoine. Bienvenue dans ta maison. » Et je décide que cette formule sera celle qui accueillera tous les autres. Car, finalement, après une longue route, il n'y a pas grand-chose d'autre à dire à ces enfants sinon leur assurer qu'ils sont bien arrivés chez eux.

J'ai envie de le prendre par la main. Je me demande si le petit homme qu'il est devenu tolérerait ce geste. Si ma paume contre la sienne, ma main nourrie contre la sienne, sèche, serait l'attitude adéquate. Si nos peaux qui se touchent seraient le meilleur accueil pour lui. Avec cette question en surgissent d'autres, dessinant ce chemin qui sera désormais le mien. M'interroger sur la plus juste façon d'aimer.

17

Lorsque la porte de l'ascenseur s'ouvre sur mon service, tout semble paisible. Cela ne veut rien dire. Ici, nous n'aimons pas les adages comme *le calme avant la tempête*. Pourtant, ils s'imposent avec une constance irritante. Cet adage en particulier nous pousse à une vigilance accrue. Il nous ôte ce temps de récupération, interlude précieux entre deux urgences. Il faut veiller, être toujours prêt à bondir.

— Par ici ! me lance Catherine. Débrief en salle 1.

— Merci pour l'accueil, dis-je avec une pointe de sarcasme.

Elle a relevé ses cheveux en un chignon négligé. Habituellement, elle les porte longs avec une barrette pour retenir quelques mèches et dégager le front. Le chignon est réservé aux nuits difficiles. Celles où il faut courir, choisir dans l'urgence, échouer et recommencer avec pour témoins les parents.

— Ce soir, on bat tous les records ! On a six MAP[1] dont quatre sont en travail. J'espère que nous n'aurons pas les

1. Menace d'accouchement prématuré.

quatre accouchements dans la nuit. Les médecins ont administré les corticoïdes, ajoute Catherine.

— Quand le travail a-t-il commencé ?

Catherine consulte sa montre.

— C'est notre loi des séries du jour. Toutes les quatre ont démarré leur travail en même temps. Cela fait environ trois heures.

— Et pour les corticoïdes, on est à combien d'heures ?

La question est cruciale ; les corticoïdes ne se limitent pas à maturer les poumons, ils impactent aussi positivement tous les organes, dont le cerveau.

— Leur pleine efficacité sera atteinte dans quinze heures. On va être beaucoup trop court, dit Catherine en baissant les yeux.

Catherine mordille sa lèvre inférieure, signe qu'elle hésite à poursuivre.

— À combien sont les mamans ?

— Au dernier examen, elles se situaient toutes les quatre entre trois et cinq centimètres d'ouverture. C'est à ce moment-là que le docteur Marelle a pris la décision de rappeler les infirmiers en congé.

— Et les bébés ?

— Notre chance est qu'ils ont tous l'air en bonne forme. Les paramètres sont relativement bons compte tenu de leur temps de gestation. Maintenant, ils sont âgés de vingt-sept à trente-deux semaines, donc rien n'est évident.

Catherine a posé sa main sur la mienne.

— Il y a autre chose…

— Oui ?

En situation d'urgence, nous en sommes réduits aux formules rapides, dépourvues de précautions. Catherine a toujours souffert de cette facette de notre métier, elle est la plus diplomate d'entre nous.

— Ne t'inquiète pas, je vais bien, tu peux me dire ce qu'il se passe, dis-je encore pour la rassurer.

— Je sais que c'est un sujet délicat mais… Louis m'inquiète, commence-t-elle en triturant le coin d'une chemise en carton. J'ai déjà rappelé deux fois le pédiatre pour l'ausculter. Il reconnaît qu'il n'est pas stable mais il reste optimiste. Je… je ne le sens pas… Je suis navrée, Gaby. Avec son premier soir, je sais que son cas te touche plus qu'un autre.

D'un geste énergique, Catherine referme les dossiers et se lève.

— J'ai demandé de pouvoir prolonger ma garde. J'ai pu me reposer deux heures donc je suis fraîche comme une rose pour traverser cette nuit avec toi, ajoute-t-elle avec un clin d'œil. Deux autres infirmières vont arriver. Encore une fois, je suis désolée. Tu avais besoin de…

— Ne t'inquiète pas. Je suis d'attaque.

Ma voix tremble. Je voudrais ne pas être touchée. Je voudrais pouvoir manquer une veine et laisser cet incident derrière moi. Je voudrais que ma lassitude se soit dissoute dans l'air glacial de ce début de soirée. Je voudrais être partout sauf ici.

La sonnerie du téléphone brise le silence des couloirs. Nous connaissons tous la signification de cette sonnerie spéciale.

— Buzzer ! Je cours, lance Catherine.

— Je te suis avec la couveuse, dis-je par réflexe.

Derrière nous, les infirmières s'organisent déjà. Des échos familiers nous parviennent ; leurs pas précipités, le roulement de la couveuse, le bruit métallique des instruments que l'on dispose sur la table de conduite. En cas de buzzer, la procédure est stricte. À l'étage de la maternité, tout le personnel disponible se presse vers la chambre qui l'a émis. Médecins, sages-femmes et infirmières. Idéalement, on sélectionne sur le pas de la porte mais en pratique, le chaos règne le plus souvent. Alors on fait comme on peut ; on entre et on essaie de voir comment aider. Compte tenu de l'état d'urgence, notre service participe obligatoirement. En néonatologie, on est deux à courir. Un pour appeler l'ascenseur et partir au plus vite. L'autre qui suit avec la couveuse de transport.

Il nous faut en moyenne une minute pour rejoindre la chambre. C'est énorme. Pendant ces soixante secondes, nous envisageons de nombreux cas de figure, ce qui ne sert strictement à rien puisqu'il y en a des milliers.

Catherine entre dans l'ascenseur, je la suis avec la couveuse que je place à gauche, comme d'habitude. Je fixe la paroi métallique et tente de me concentrer sur son contact lisse et froid. Si je pense aux derniers buzzers, je suis foutue.

— S'il te plaît, s'il faut piquer, fais-le, dis-je sans avoir le courage de la regarder.

— Gaby, tu ne peux pas rester avec cela. Nous ne sommes pas des robots ! On a toutes nos jours où l'on manque de chance.

— Sauf qu'ici, ce n'est pas un manque de chance.

Mes mains tremblent, alors je les glisse dans mes poches.

— Arrête avec ça, ordonne Catherine en posant sa main sur mon épaule.

La porte de l'ascenseur s'ouvre sur le couloir de la maternité. L'agitation règne autour de la salle d'accouchement au fond du couloir. Nous courons. Catherine devant pour dégager la voie, moi derrière avec la couveuse. En arrivant près de la salle, j'entends la phrase qui annonce que tout démarre mal.

— Madame, nous allons emporter votre bébé pour l'aider à trouver son premier souffle, explique le gynécologue.

Nous avons tous adopté ce langage chargé de douceur pour décrire une situation qui en est dépourvue.

Le bébé est bleu. Il ne respire pas.

— Cordon coupé, enclenchez le bouton d'Apgar, lance le gynécologue.

À partir de maintenant, nous avons un maximum de treize minutes pour le réanimer avant que les premières questions ne surgissent.

Dans la salle de réanimation, les rôles sont clairement établis. Catherine et moi prenons le relais. Les sages-femmes de la maternité se postent à nos côtés pour nous prêter main-forte.

L'Apgar affiche dix secondes.

— On dégage d'abord tout ce qu'on peut ! ordonne le médecin tout en aspirant le bébé.

— Capteur de saturation en place. Taux d'oxygène à trente-cinq, pas de rythme cardiaque, annonce Catherine.

Je presse mes doigts à la base du cordon pour vérifier.

— Je confirme. On n'a rien.

Catherine place le masque sur le visage du bébé et règle l'oxygène à trente pour cent.

— Gaby, commence un massage de trente secondes, ordonne le docteur Marelle.

Je superpose mes pouces entre les deux tétons du bébé, sur la minuscule surface qui recouvre son cœur, et exerce une pression légère pour irriguer les organes. La peau est tellement fine. Je regarde l'écran du petit moniteur auquel le capteur de saturation est relié. Rien. Je poursuis quelques secondes encore dans l'attente du signal.

— Auscultation !

J'interromps le massage pour que le médecin écoute le cœur.

— On ne va pas prendre de risques. Catherine, place une voie centrale temporaire pour l'adrénaline. Je crains qu'on en ait besoin, ajoute le médecin.

En plaçant le capteur, Catherine savait qu'elle serait celle qui piquerait. Je pousse un soupir de soulagement.

— Gaby, on reprend le massage.

J'essaie de conserver une distance, de ne pas incriminer inutilement mes mains qui sont aussi peu efficaces que n'importe quelles autres mains le seraient en cet instant précis.

— La voie est en place ! lance Catherine.

— On lance l'adrénaline alors, ordonne le docteur Marelle. Saturation ?

— Elle a diminué, répond Catherine.

— On augmente l'oxygène à cent. Allez, on y va ! Faut le récupérer, ce petit bout.

L'Apgar indique que deux minutes se sont déjà écoulées. Le bébé ne réagit pas. Mes pensées glissent inlassablement vers le cerveau qui s'abîme, les cellules qui meurent, la nature qui choisit, laissant l'homme impuissant. Tout ce qui s'éteint alors que les compétences et la volonté sont là. Tout ce que nous ne décidons pas.

— On continue ! ordonne le médecin même si c'est évident pour toutes les trois. Saturation ?

Le docteur Marelle jette un regard à l'Apgar : presque quatre minutes.

— Et puis non, on intube. On a perdu trop de temps. Préparez le matériel !

Avec dextérité, le médecin procède à l'intubation. Malgré dix heures de service, sa main ne tremble pas un instant.

— Auscultation !

Mes mains se retirent à nouveau, quittent cette peau qui devient familière.

— Rien. On envoie la deuxième dose d'adrénaline. Massage ! Allez, on y va ! Cinq minutes à l'Apgar. Tout est encore jouable.

J'essaie de ne plus regarder l'écran. Avec le peu d'énergie qu'il me reste, je dois tenter une nouvelle approche. Pour la première fois, je ferme les yeux afin de me préserver de ces secondes qui défilent, de ces visages qui se crispent. Je me laisse absorber par la régularité de mon geste, par son rythme précis, celui qui sera le plus à même de soutenir la vitalité des organes.

Sous mes doigts, je veux percevoir ce mouvement subtil, celui d'un cœur qui bat à nouveau. Je formule une prière, silencieuse comme tous les mots que je glisse maintenant à ce bébé. C'est nouveau pour moi. C'est venu avec mes mains qui le touchent. C'est venu avec Papillon et son inclination pour les miracles. Je répète au bébé qu'il peut encore nous rejoindre. Qu'avec un peu de temps, nous pourrons lui façonner un corps autonome. Que tout commence ici, avec un cœur qui bat.

Comme un mantra qui me gagne à chaque compression, je lui intime *Reste avec nous, reste avec nous*. Ma respiration se calque sur cet ensemble, nous ne sommes plus qu'un.

— On a quelque chose ! s'écrie le médecin.

J'imagine cette peau rose, ce cœur qui palpite.

— Le pouls est faible mais il a repris. On va améliorer tout cela. Faut le remplir. Allons-y pour dix millilitres de sérum physiologique.

— La saturation remonte bien aussi, annonce Catherine.

On ne peut s'empêcher de sourire. Si quelqu'un devait nous surprendre, nos visages joyeux autour de ce petit être qui survit à peine, il ne comprendrait pas.

L'Apgar affiche sept minutes trente. Même si c'est long, ce délai est une victoire. Il faudra évaluer l'impact de cette réanimation plus tard. Chaque enfant est unique dans ce genre de combat.

— Gaby, tu as terminé ? me demande une collègue depuis le seuil de la salle.

J'étais tellement absorbée que je ne l'avais pas remarquée. Si Diane a pris la peine de venir à cet étage, c'est qu'il y a quelque chose d'important. Dans ma salle.

— Tu peux y aller, on est assez nombreux. Merci Gabrielle, ajoute le docteur Marelle.

Avant de m'éloigner du bébé, je caresse sa petite épaule, un contact que j'avais presque oublié.

18

MLLE PAPILLON

Abbaye de Valloires, mai 1922

Quelques dizaines de pensionnaires se sont installés dans les murs de l'abbaye en un mois. Ils arrivent d'un peu partout, de la région ou de provinces plus éloignées. Le plus souvent, ils sont annoncés mais certaines journées contiennent leur lot de surprises. Une fratrie de trois dont le plus âgé n'a que huit ans est amenée en charrette par un paysan. D'autres enfants nous parviennent en petit groupe, tous issus d'un même village et réunis le temps du voyage.

La nouvelle se propage à toute vitesse, en une légende qui nourrit d'espoir les foyers les plus précaires. Un refuge a été créé à Valloires.

Les bénévoles sillonnent l'abbaye, accueillent, coordonnent comme elles peuvent. Personne ne s'est encore penché sur l'organisation concrète du quotidien. Lorsqu'un projet se bâtit de presque rien, les priorités sont si nombreuses que l'entreprise ne peut que se développer en chemin. Les besoins émergent avec l'arrivée des pensionnaires.

Ils suscitent les initiatives, donnent naissance aux règles et dessinent par à-coups le futur.

Ce matin, Marie-Louise, Marie-Paule, Thérèse, Geneviève, Camille et Berthe sont assises autour d'une table pour faire le point. Camille et Berthe ont rejoint les premières bénévoles récemment. Au même titre que les autres, elles sont désormais conviées aux réunions.

— Les premiers arrivés ont achevé leur séjour en quarantaine, commence Thérèse Papillon. La réunion de ce jour est destinée à prévoir la suite.

Pour plus de facilité, le bâtiment près de l'entrée a été transformé en un lieu de quarantaine. Chaque pensionnaire doit y séjourner pendant trois semaines avant de loger dans son lit définitif, dans un des grands dortoirs du bâtiment principal.

— Il faut constituer des groupes en fonction des âges, suggère Geneviève. Quelles tranches d'âge avons-nous jusqu'ici ?

Mlle Papillon ouvre le carnet des présences. C'est là qu'elle inscrit les arrivées, noms, prénoms, âges et adresses, lorsque les enfants les connaissent.

— Nous avons à ce jour trente-trois pensionnaires. Le plus petit a deux ans et notre aîné aura quinze ans ce mois-ci, déclare Thérèse, le sourire aux lèvres.

— Avec un tel écart d'âge, il va nous falloir au moins quatre groupes. Il faut recruter d'autres volontaires, remarque Marie-Paule tout en prenant note dans son calepin.

Dans la région, on les appelle les demoiselles. Comme chaque jour, elles ont revêtu cet uniforme immaculé, composé d'une robe blanche en dessous du genou et d'un voile qui effleure leurs épaules. L'habit s'est imposé de lui-même comme l'accessoire idéal pour prendre soin des enfants.

— Nous sommes déjà six. Deux nouvelles bénévoles arriveront cette semaine. Pour gérer ce petit monde, nous devrions encore engager au moins trois autres personnes. De cette manière, Marie-Paule pourra se consacrer à la cuisine et aux tâches administratives.

Tout en parlant, Thérèse a tracé de longues lignes sur sa feuille, formant un tableau.

— Je propose la création de quatre groupes dont nous préciserons l'âge au fur et à mesure des arrivées, poursuit-elle. Qu'en pensez-vous ?

Ses compagnes acquiescent.

— Avez-vous des affinités avec certains âges ? Préférez-vous vous charger des filles ou des garçons ? lance Mlle Papillon à ses consœurs.

— Moi, j'aimerais m'occuper d'une section de garçons. J'en ferais de bons scouts ! lance Marie-Louise en se levant pour esquisser un salut scout.

— Une cheftaine pour un groupe de garçons ! répète Thérèse en prenant note dans son carnet.

— Je me verrais bien aussi dans le scoutisme ! poursuit Geneviève, songeuse.

— Un deuxième groupe de garçons a trouvé son chef, lance Thérèse tout en remplissant les cases de son tableau.

— Moi, j'aimerais m'occuper des plus jeunes, dit Berthe en joignant les mains.

— Berthe, vous serez parfaite dans ce rôle ! conclut Mlle Papillon. Pour les prochains jours, nos priorités seront donc d'attribuer un dortoir et des salles de vie à ces différents groupes, de leur trouver une responsable et d'organiser leur quotidien en fonction de leur âge.

— Nous n'avons pas encore abordé la question des activités, soulève Marie-Paule. Que vont faire tous ces jeunes de leurs journées, une fois sortis de quarantaine ?

Thérèse s'est plusieurs fois penchée sur cette question, secondaire jusqu'il y a peu.

— Avec le médecin, nous pensons qu'une phase de repos complet après le déjeuner serait idéale pour renforcer leur santé, commence-t-elle. Il suggère une sieste journalière de deux à trois heures. En fonction de leur état, ils pourraient aussi profiter du bon air de nos campagnes. Et puis…

Mlle Papillon s'interrompt. Elle jette un coup d'œil à la longue liste de tâches qui leur incombent et se demande s'il reste encore une petite place pour le rêve. Ses consœurs ont les traits tirés à force d'avoir travaillé tard. La peau de leurs mains est sèche d'avoir trop lavé. Même s'il n'est pas raisonnable d'alourdir encore leur charge, elle ne peut s'empêcher de partager son idée.

— J'ai beaucoup réfléchi à notre mission ici, avec les petits, commence-t-elle d'une voix hésitante. Je ne vois pas pourquoi on ferait autant pour rétablir leur santé sans leur ouvrir l'esprit.

Face au silence, Mlle Papillon développe :

— Nous devrions créer une école pour que leur séjour ici ne soit pas un frein à leur éducation. Qu'ils poursuivent leur apprentissage en lecture, en écriture et en mathématiques !

Les demoiselles demeurent silencieuses. Car que peut-on répondre lorsque les moyens manquent pour concrétiser une évidence ?

Extrait du carnet de bord de Mlle Papillon – mai 1922

Un poirier de 1756 est adossé à la façade de l'abbaye. À l'époque, les moines fabriquaient de la liqueur avec ses poires. Ici, il est un symbole de renouveau. Il a traversé les années, l'âge lui conférant toute sa beauté. Quand je suis perdue, je pense à cet arbre fruitier, spectateur impuissant de la folie des hommes. Et face aux siècles, mes soucis deviennent anecdotiques.

Je m'assois sur la pierre près de lui pour parler à Dieu, à mon abbaye, à l'esprit de ces lieux qui m'a attirée ici. Je leur raconte cette famille d'un autre genre, une bande d'enfants de tous les âges et de tous les sangs qui se transforme en fratrie de circonstance. Je les remercie pour ces rencontres providentielles, ces bénévoles qui affluent, ces fonds qui nous parviennent même lorsque nous ne les attendions plus, ces mille petites choses qui maintiennent en vie notre maison. La gratitude est une de nos plus grandes forces, elle pousse à se concentrer sur ce qui est, laissant de côté tout ce qui n'est pas encore.

Je leur relate aussi mes visites dans les familles aisées de la région, en quête d'aide matérielle ou financière. Si certaines nous donnent du neuf, la plupart nous proposent des surplus. Un lit de plus, de la vaisselle, des ustensiles, des bassines, une chaise, une couverture, tous ces biens qui leur sont devenus inutiles, entreposés dans une remise ou destinés à être jetés. Tout ce qui n'a plus de valeur pour eux connaîtra une seconde vie à Valloires. Une fois lavé, réparé, agrémenté par les mains expertes des demoiselles, l'objet fané retrouvera sa noblesse.

Ce sont le plus souvent les dames qui m'ouvrent la porte de leur demeure. Telle une rumeur aux accents joyeux, l'histoire de notre préventorium s'est propagée dans les campagnes. Intriguées par notre projet, elles me réservent un excellent accueil.

La porte s'ouvre sur un grand hall, départ d'un élégant escalier en pierre. Je ne peux m'empêcher de lever les yeux, d'admirer ces étages vers lesquels des marches larges portent. D'une main, elles me prient d'entrer dans une pièce, le plus souvent le salon. Quelques tapis épais jalonnent un parquet parfaitement entretenu. Le bois grince, me ramène à mes dimanches d'enfant.

Ces dames m'offrent de m'installer sur un divan en velours dont la caresse est un délice. Elles me proposent thé sucré et petits biscuits tout droit sortis du four. Bref, elles me servent comme une reine, impatientes, curieuses, avides d'un récit qui les sortira de leur routine feutrée. Sans attendre, je leur raconte Valloires et tente de leur communiquer mon enthousiasme. Patiemment, je réponds à leurs questions.

Lors de ces visites, je découvre à nouveau ces sensations, luxe de mon enfance que j'ai laissé derrière moi. J'aurais pu moi aussi habiter l'une de ces demeures cossues où l'air est chaud et l'heure longue. J'aurais pu n'avoir pour seule ambition que l'organisation du dîner du samedi soir, l'éducation des enfants et le choix des tenues de monsieur.

Je suis dans le salon de ces dames et l'espace d'un instant nos vies se confrontent. Entre nos présences silencieuses, nos pensées retracent nos existences, les comparent, les jaugent. Elles dans leur demeure, et moi dans la mienne.

C'est pour cette raison que je patiente toujours avant de faire appel à leur générosité. Pour que ma compagne d'une heure évalue nos quotidiens et en tire la seule conclusion possible.

Il faut donner de son temps, de son argent, de sa personne. Ce ne sont pas mes mots qui la convainquent. Je crois que c'est mon sourire.

Celui qui, malgré tous les combats, reste éclatant.

19

Il est vingt-deux heures quand je franchis le seuil du service, moment charnière où les équipes se relaient. Ceux qui n'ont plus la force passent le flambeau à ceux qui doivent l'avoir encore.

— Dans le dossier de Louis, il est mentionné que son état était plus inquiétant depuis ce matin. On a fait une prise de sang pour en savoir plus. Ce soir, la situation s'est compliquée. Pendant ta réanimation, il a fait plusieurs bradycardies.

Diane me résume la situation tout en marchant à mes côtés. J'observe son profil, ce visage marqué qui est souvent le nôtre à la fin d'une garde. Elle semble bien tenir le coup.

— À combien ? dis-je en essayant de dissimuler mon angoisse.

— Cinquante battements par minute. Trois incidents à cinquante en une heure. Malheureusement, il n'y a pas que ça. Sa peau est marbrée. Il a désaturé aussi.

— On a les résultats de sa prise de sang ?

— Justement, c'est pour cela que je suis venue te chercher. Son CRP est à deux cents, répond Diane en serrant les dents.

— Deux cents ?

— Le néonatologue est déjà avec lui, me précise-t-elle comme si elle voulait adoucir la nouvelle.

— Ils ont demandé une radio en urgence, j'imagine ? Les parents ont été prévenus ?

J'ai soudain chaud. Je retrousse mes manches mais l'inconfort persiste. Je ne peux pas perdre deux bébés en si peu de temps.

— Oui. Le docteur Bels suspecte une entérocolite nécrosante. Avec un résultat pareil, il craint un choc septicémique.

Dans la salle 79, les parents sont déjà avec le médecin.

— Le pronostic n'est pas engagé. Nous pensons à une entérocolite nécrosante. Nous mettons tout en œuvre pour rétablir son état, leur répète le médecin.

Certains docteurs abusent du jargon médical sans apporter une traduction intelligible. Leur façon de se protéger face à des parents sous le choc ou de dissimuler une réalité qui ne les arrange pas.

— Gabrielle va tout vous expliquer.

Le docteur Bels est le spécialiste pour refiler le sale boulot aux infirmières. Il me fait signe qu'il souhaite s'entretenir avec moi. J'abandonne les parents et le suis dans le couloir.

— Son état n'est pas bon du tout. Le radiologue doit arriver d'une minute à l'autre. Prévenez-moi dès que vous aurez la radio, qu'on puisse commencer le traitement.

J'aimerais qu'il me dise autre chose que des évidences.

— Bien, docteur.

Il fait partie de ceux qui souhaitent être appelés par leur titre.

— Merci Gabrielle. Je serai joignable toute la nuit, bien entendu, sur mon portable ou sur mon fixe.

Il habite à vingt-deux minutes de l'hôpital. Je connais par cœur la distance que doit parcourir chacun de nos médecins. Cela me permet de les sélectionner plus efficacement lorsqu'ils sont plusieurs en garde appelable. Je crois que je suis la seule à procéder ainsi. Appeler le plus proche et le plus compétent. Le docteur Bels est celui qui habite le plus loin. Je ne le choisis jamais.

Lorsque je rejoins les parents, le radiologue est déjà occupé. J'en profite pour les éloigner un moment du petit lit.

— Je serai là toute la nuit. Je vais veiller sur Louis et vous tiendrai informés. Nous devrions très rapidement pouvoir commencer le traitement, dis-je avant de les quitter à nouveau.

Il ne faut qu'une quinzaine de minutes pour que le diagnostic d'entérocolite nécrosante soit confirmé et le traitement mis en place. J'essaie de recouvrer mes forces mais l'image de cette veine qui roule sous mes doigts revient maintenant avec force. Avec elle, mon rythme cardiaque s'accélère. J'ignore si c'est mon imagination qui me joue des tours ou si je suis en train de me liquéfier sur place. Je me répète que ce n'est pas ma faute, qu'il n'aura fallu que quelques minutes supplémentaires pour installer la voie périphérique, que cela n'a eu aucun impact et n'a certainement aucun lien avec son état aujourd'hui, presque quatre semaines plus tard. Je me répète tout cela mais mon corps crie plus fort. Et c'est toujours lui qui gagne.

Telle une machine qui doit fonctionner, je regagne la salle 79.

— Nous sommes en train d'administrer un traitement à Louis et nous pourrons voir rapidement comment il y réagit.

J'ignore si je formule les choses correctement. J'ai l'impression que je pourrais faire mieux. Mon regard est attiré par les boutons du gilet de Jeanne, la maman. Ils sont décalés et forment une diagonale que je voudrais ignorer.

— Il va s'en sortir ? me demande-t-elle d'une petite voix.

— C'est trop tôt pour le dire.

J'ai horreur de devoir prononcer des phrases aussi vagues. Quelques mots qui n'aident pas à tenir bon car ils semblent dépourvus d'espoir. Ils ne forment pas ce barrage nécessaire contre le danger. Jeanne fond en larmes et, au lieu de choisir l'épaule de son mari, elle s'effondre dans mes bras. Le souffle me manque. Je n'ai pas été formée pour ne pas pleurer, là, maintenant. Les larmes emplissent mes yeux, léger brouillard que je tente de refouler. Je me répète que ce n'est pas mon bébé. Mais au fond de moi, une petite voix hurle que c'est quand même *mon* Louis. Celui à qui je pense constamment depuis sa naissance, il y a trois semaines, cinq jours, sept heures et vingt minutes. Louis pour qui je n'ai jamais le sentiment d'en faire assez.

— Je suis désolée, dis-je encore serrée contre la maman. J'aime beaucoup Louis.

Je n'ose pas bouger.

— Que puis-je faire pour vous aider ? dis-je la joue encore collée à ses cheveux.

Jeanne se reprend et tente de sécher ses larmes. Elle se mouche dans un mouchoir en tissu qu'elle replace dans sa manche, telle une écolière. Je n'avais pas remarqué combien ses yeux sont d'un bleu translucide. Jusqu'ici, je pouvais juste dire que la mère était rousse mais que Louis ne le serait sans doute pas. Ces choses que l'on remarque facilement.

— Donc, nous ne sommes pas sûrs… ? énonce-t-elle lentement comme si ses pensées devaient se réorganiser autour d'une nouvelle réalité.

— De la suite pour…, tente Charles, son mari.

— Nous devons d'abord voir comment Louis réagit au traitement. J'imagine combien cela doit être insupportable. Tant d'inconnues. Nous allons tout faire pour qu'il se rétablisse au plus vite.

Jeanne se tourne vers son mari. Il s'approche d'elle et passe un bras autour de ses épaules. Leur entente va au-delà de la façon dont leurs corps se touchent, se lient, fruit d'une connaissance de plusieurs années. Elle existe aussi dans un langage fait de silences. Il a acquiescé à la question qu'elle n'aura formulé que d'un regard.

— Alors, il y aurait quelque chose que vous pourriez faire pour nous, commence Jeanne.

— Bien sûr, dis-je pleine d'espoir à l'idée de les accompagner autrement que par des gestes médicaux ou des paroles convenues.

— Nous aimerions que Louis soit baptisé, poursuit son mari.

— Je peux bien entendu tenter d'appeler un des prêtres qui officient dans nos services, dis-je en consultant ma montre.

— En réalité, on se disait que peut-être vous accepteriez de…

Charles hésite à poursuivre.

— … de le baptiser.

Le papa a prononcé ces derniers mots le regard rivé sur son fils endormi.

— Le baptiser ? dis-je, pour être certaine d'avoir saisi.

— Si jamais Louis devait… Nous voudrions qu'il ait eu cela, ajoute-t-il en levant les yeux vers le ciel.

Je reste silencieuse un instant et répète sa demande dans ma tête pour comprendre.

— Mais… je ne suis pas prêtre…, dis-je sur un ton le plus doux possible.

— Dans certains cas comme le nôtre, il n'est pas obligatoire d'être prêtre pour baptiser une personne. Nous avons vu combien vous tenez à Louis depuis ses premiers jours ici et nous aimerions que ce soit vous. Si vous acceptez, bien entendu.

Charles a prononcé ces mots calmement. Je me demande ce qu'il faut de force pour formuler une telle demande. Je tente de réfléchir rapidement, mon regard passant de Louis sur son drap blanc à ses parents, en attente d'une réponse.

— Je ne suis pas sûre d'être à la hauteur de…, dis-je à voix basse.

Je m'interromps. Pourquoi est-ce que je refuserais ? Je n'ai rien contre Dieu, surtout lorsqu'il est de mon côté, comme ce soir pendant la réanimation.

— Bien sûr, je vais le faire. Y a-t-il une procédure à suivre, un texte à lire ?

Ils sourient.

— Nous en avons un peu parlé depuis que l'état de Louis s'est dégradé. Nous voulons quelque chose de simple. Ce qui vous viendra sera parfait. Une goutte d'eau sur son front suffira aussi, bien entendu, ajoute Jeanne en couvant son fils des yeux.

— Très bien. Quand souhaitez-vous faire cela ?

Les parents de Louis se tournent l'un vers l'autre, puis me regardent à nouveau.

— Quand vous serez prête. Le plus tôt possible, précise le père d'une voix étranglée par l'émotion.

— Je vais m'assurer qu'on ne nous dérange pas et je reviens, dis-je en songeant aux urgences qui s'annoncent et à ma sensibilité exacerbée lorsque je suis fatiguée.

Je quitte la salle pour me réfugier dans les toilettes. Enfermée à clé dans ce cube aux parois contreplaquées vert pâle, je tente de calmer mon angoisse. Juste ce qu'il faut pour tenir le coup pendant le baptême. Je me répète que Louis est toujours là. Et surtout, peut-être qu'un jour Louis aura seize ans et une amoureuse. Cette idée me fait sourire. Je l'imagine nonchalant, affalé sur son lit, refusant de ranger sa chambre ou d'aller en cours. J'imagine sa mère s'énerver pour ce qui ne semble aujourd'hui qu'un détail. Une futilité parce que cette vie, on n'est pas sûr qu'il l'aura. Comme un tourbillon, toutes ces images se mélangent dans ma tête pour ne former qu'une certitude. Je suis aussi prête que je peux l'être.

En traversant à nouveau le couloir, je demande aux infirmières de m'accorder vingt minutes avec les parents sans être dérangée. Une éternité avec les accouchements qui s'annoncent. Je n'ose pas détailler le motif de ma demande. Nulle envie de subir les questions que ce baptême suscitera, questions auxquelles je serais incapable de répondre.

J'attrape mon verre d'eau au passage et je franchis à nouveau le seuil de la salle 79, pour une fois dans un rôle différent.

— Je suis prête si vous l'êtes, dis-je à l'intention des parents.

Ils se lèvent tous deux et nous nous plaçons autour de la couveuse en un demi-cercle pieux.

— Si jamais je ne fais pas ce qu'il faut, surtout interrompez-moi, s'il vous plaît.

Ils acquiescent sans quitter des yeux leur enfant. Je me répète que ce qui compte c'est Louis. Plus que mes mots ou mes gestes, c'est sa présence qu'ils souhaitent graver dans leur esprit. La forme de son visage, son odeur, les quelques mimiques qui trahissent une sensation particulière. C'est Louis qui est important. Louis, et un dieu qui peut veiller sur lui.

Je prends une profonde inspiration et passe une main dans l'orifice de la couveuse pour la poser sur le ventre de Louis.

— Louis.

L'émotion m'envahit. Je reprends.

— Louis, cette nuit, nous souhaitons t'accueillir dans une grande famille. Tu as déjà une merveilleuse petite famille. Ton papa et ta maman qui t'aiment.

Je prends une nouvelle inspiration pour contenir mes larmes.

— Nous voulons que tu saches que nous veillons sur toi. Nous, et puis toutes les étoiles là-haut.

Je trempe un doigt dans mon verre d'eau. J'attends quelques secondes afin qu'il n'y ait plus qu'une infime quantité, que l'eau se réchauffe au contact de ma peau et ne crée aucun inconfort. Je dépose ce qu'il reste sur son front en une caresse que j'espère divine.

— Par ce geste, je te baptise.

Je contemple le petit corps assoupi et je sais déjà que cette image restera. Depuis ce soir, quelque chose a bougé en moi. Un cadeau de Louis.

20

MLLE PAPILLON

Abbaye de Valloires, septembre 1922

— Alors, cette récolte ? demande Mlle Papillon.

— Très bonne, mademoiselle ! On s'est fait une p'tite frayeur mais finalement, regardez ! s'exclame l'agriculteur en tendant un bras vers ses champs.

— En effet, ça pousse bien ! Dites, René, vous savez que nous accueillons de plus en plus de petits à Valloires ?

Le paysan acquiesce. Le soleil à la verticale émet une chaleur digne d'un mois d'août. Il retrousse ses manches et éponge avec un chiffon la sueur de son front.

— Nous devons parler, vous et moi. Les petits ont beaucoup d'appétit, poursuit Thérèse.

— Vous allez devenir ma meilleure cliente ! réplique René en riant.

— Ça se pourrait bien ! Justement, je vais bientôt recevoir l'argent pour les deux tombereaux de pommes de terre que vous m'avez livrés la semaine passée. Je peux passer vous le déposer vendredi ?

— Pour sûr.

— Dites, j'ai été voir la grange où les pommes de terre sont entreposées et ils me paraissent bien grands, vos tombereaux, relève Thérèse, le sourire aux lèvres.

— Comme je dis, vous êtes ma meilleure cliente, répond René en lui serrant la main pour prendre congé.

En quelques mois, le quotidien du préventorium s'est structuré, telle une fourmilière où chacun trouve sa place et sa mission. L'équipe de bénévoles est désormais complète et des locaux ont été attribués à chaque section. Après avoir quitté l'agriculteur, Mlle Papillon s'accorde une pause. Elle pourrait se promener dans les champs tout proches ou passer un moment assise en silence mais le plus souvent elle vient se reposer ici, parmi les plus jeunes. Grâce aux dons et aux doigts de fée de Berthe, la salle de vie des plus jeunes habitants de Valloires est une merveille. Chevaux à bascule, tables et chaises miniatures, couvertures en patchwork comme tapis, maisons de poupée en bois et petits vêtements pour habiller leurs occupants. Tout contribue à prolonger la tendre enfance.

Ce matin, Berthe raconte une histoire à ses dix pensionnaires, âgés de neuf mois à trois ans. Thérèse se joint à eux. Étonnamment, ce groupe est vite devenu le plus maîtrisé. Il y règne une harmonie, une forme de discipline. Les petites têtes affichent une mine concentrée, elles assimilent les paroles de Berthe et leur attribuent le sens propre à leur âge. Pour certains, les mots seront une farandole de jolis sons, pour d'autres, les mêmes mots susciteront images, mouvements et même émotions. Les enfants se sont rassemblés autour d'elle, dans ses bras, assis sur ses jambes croisées en tailleur ou à ses côtés, collés à elle comme des ours alléchés par du bon miel.

— Maman Berthe, encore une histoire !

Le surnom a surgi avec les câlins, comme l'attribut indispensable à la sécurité de ces bébés. Après le premier *maman Berthe* bredouillé par un enfant perdu dans sa nouvelle maison, les autres ont suivi pour former une évidence.

Thérèse s'est assise avec le groupe et la plus jeune s'est glissée dans ses bras. Capucine ne tient pas encore sur ses jambes mais rit dès que l'on glisse un doigt sous ses aisselles. En quelques semaines, la petite a repris du poids, elle qui était arrivée si maigre. Elle se cale sur l'épaule de la jeune femme et entoure son cou de ses bras.

— Thérèse !

Une voix l'appelle. Avec l'été qui s'attarde, les fenêtres sont restées ouvertes, laissant entrer le chant des oiseaux et le parfum d'une nature épanouie. Thérèse se penche par la fenêtre et fait signe à Camille.

— Je suis chez les tout-petits. Tu as besoin de moi ?

— Oui, on a un nouvel enfant…

Lorsque Mlle Papillon atteint le portail de l'entrée, un petit attroupement s'est formé.

— Depuis quand ma présence est-elle indispensable pour accueillir un nouvel enfant ? taquine-t-elle.

— Depuis ça, rétorque Camille en s'écartant afin qu'elle puisse voir ce qui suscite tant d'intérêt.

Un garçon tient contre lui un bébé minuscule, retenu par une sorte de longue écharpe nouée dans son dos. Mlle Papillon s'approche pour l'observer de plus près.

— Mais… ce bébé vient de naître ? s'étonne Thérèse.

— Je suis venu d'Abbeville, explique le jeune homme en désignant son vélo posé contre le mur de l'entrée.

Le garçon a à peine dix-sept ans.

— Avec le bébé ? demande Thérèse, surprise.

— Oui, c'est une fille. Je m'appelle Siméon, fait-il en tendant une main après avoir soigneusement essuyé celle-ci sur son pantalon.

Mlle Papillon serre sa main dans les siennes, comme elle a pris l'habitude de le faire avec chacun de ses visiteurs.

— Je peux l'approcher ? dit-elle en montrant le bébé encore enveloppé.

Le jeune homme acquiesce. Thérèse écarte un pan de l'écharpe pour observer le nourrisson de plus près.

— Elle a un joli teint et des joues rebondies. Elle a l'air en bonne santé, dit-elle, attendrie.

— Elle est née ce matin, très tôt. Une fille mère de notre village, ajoute le garçon en baissant les yeux sur sa protégée.

Siméon a posé une main sur la petite tête, comme s'il ne voulait pas qu'elle entende la suite.

— La mère ne peut pas la garder. Sa famille est décédée pendant la guerre. Elle ne veut pas que son bébé finisse dans un de ces lieux où il y a trop peu de tout. Où l'amour manque autant que la nourriture.

Il se tait, laissant aux demoiselles un instant pour intégrer ces informations.

— On a entendu parler de Valloires et on s'est dit que peut-être… Un petit en plus de tous ceux déjà ici… Cela ne ferait pas une grosse différence…, explique-t-il, encore absorbé par l'enfant endormi.

Il n'est jamais facile de mendier. Ni pour soi ni pour une autre. Le jeune homme se débarrasse de l'écharpe en quelques gestes. Il tient maintenant le bébé dans ses bras. Thérèse voudrait prendre le petit corps contre elle et caresser le duvet blond. Elle voudrait s'approcher mais le regard de Camille lui brûle le dos. Elle connaît la nature de leur engagement. Avec les demoiselles, elles ont défini la mission du préventorium et adopter des petits n'en fait pas partie.

— Il faut au préalable faire les vérifications d'usage auprès de la préfecture, s'assurer de la volonté de la maman, du respect des réglementations…, commence Mlle Papillon.

Elle se tourne vers ses compagnes.

— Juste pour elle ? murmure-t-elle.

Personne ne répond. Ce n'est même pas vraiment une question.

Extrait du carnet de bord de Mlle Papillon – le 10 septembre 1922

Quelques échos brisent le silence de la nuit, celui d'une paire de ciseaux que l'on dépose sur une table, d'une chaise qui racle le sol ou d'un lit qui grince. En se couchant, les enfants ont pendu aux crochets à l'entrée du dortoir les vêtements abîmés. Mes compagnes achèvent de les repriser à la lueur d'une lampe à pétrole.

Il est minuit passé et je me glisse enfin dans mon lit. Rose dort près de moi dans un berceau de fortune. Par moments, ses pieds minuscules tressaillent puis s'abandonnent à nouveau au sommeil. Encore une fois, je contemple son visage paisible, ses lèvres roses entrouvertes, ses paupières qui tremblent sous l'effet d'un songe. Elle ne fait pas de bruit, elle ne se réveille pas comme le font les autres nourrissons, en quête d'affection ou de nourriture. Elle semble s'être tout de suite pliée à nos horaires, pour les repas comme pour le sommeil.

Je refuse de croire qu'elle a déjà compris. Qu'elle ne veut pas déranger parce qu'elle a trouvé refuge parmi nous et qu'il ne faudrait pas abuser de notre hospitalité. Pourtant, j'en ai vu des petits comme elle qui, face à l'adversité, mûrissent d'un coup. Ils ne veulent pas risquer d'autres ennuis. Ils ont eu leur lot et cela suffit. Ils sondent leur environnement et s'y adaptent à un rythme fulgurant.

J'ignore si je dois la prendre contre moi, si cela sert à quelque chose de lui chuchoter son histoire, si ses quelques jours de vie lui permettent d'assimiler ce démarrage compliqué. Depuis mon lit, je peux tendre la main et la poser sur son ventre. Je vais m'endormir comme cela, avec nos corps qui se touchent. Ma façon à moi de lui dire que je ne partirai pas. Je n'ai pas trouvé d'autres formules. Quand la souffrance prend toute la place, les mots me paraissent creux.

Je veux m'assurer de sa respiration constante, comme s'il m'était impossible de concevoir qu'un enfant puisse survivre à la perte de sa mère. Mais Rose respire. Rose sourit. Rose ne demande rien d'autre que ce qu'on lui donne.

Une à une, les lampes s'éteignent et mon alcôve est désormais plongée dans le noir. Le souffle discret de Rose me tient lieu de berceuse, c'est une mélodie troublante que celle de la vie près de moi.

Aujourd'hui, j'ai trente-six ans.

21

Après le baptême, je n'ai pas quitté la salle pour rejoindre mes collègues au poste des infirmières. J'ai placé une chaise contre le mur, à une distance respectueuse de Louis et de ses parents, et j'ai fait une chose que je ne fais plus jamais ici. Je me suis assise.

Les parents de Louis n'ont pas bougé. Ils se tiennent toujours de part et d'autre de la couveuse. C'est souvent ainsi. Dans l'incertitude, il est impossible de quitter son enfant des yeux, même au milieu de la nuit lorsque la fatigue tend les corps autant qu'elle les affaiblit. Ils préfèrent rester debout pour mieux l'accompagner. Assis, on est déjà plus loin, assis, on est peut-être moins engagé et ils veulent avoir tout tenté. Le papa de Louis a pris la main de son épouse dans la sienne, par-dessus le plastique de la couveuse. Ils attendent un signe. Si Louis pouvait bouger un pied, un bras, pleurer même. Pleurer, ce serait merveilleux. Cela signifierait que son corps ne s'est pas résigné, que la chimie est adéquate et permet aux bons de gagner.

Involontairement, j'ai joint les mains. Je songe à Mlle Papillon, à son nourrisson, à la façon singulière dont nous sommes liées à ces enfants qui traversent notre existence. Nous sommes un souvenir ancré dans leur corps car, à un âge sans parole, il ne peut se fixer que là. Eux rejoignent des centaines de visages, tous uniques, tous importants, mais dont les traits perdent en précision avec le temps. Sauf pour quelques-uns, une galerie de portraits intacts composée des bébés qui nous auront marquées par leur histoire, qu'elle soit triste ou joyeuse. Ces Anatole et ces Louis.

Je n'ai jamais vu ma salle de ce point de vue, assise, statique. Cette posture met en évidence des détails qui m'ont échappé ; un coup dans la peinture, les couveuses légèrement décalées par rapport au rectangle représenté sur le sol, un bout de balatum décollé. Puis il y a ceux autour de qui je m'active sans cesse. Ces bébés que je ne regarde finalement presque plus alors qu'ils sont tout.

La phrase de la psychologue me revient. *Je crois que vous portez une partie de l'impuissance de votre mère et qu'ici, à l'hôpital, vous pouvez la revivre à l'infini.* Étrangement, j'ai l'impression que l'impuissance de ma mère ne s'est pas limitée à mon passage en néonatologie, que cette expérience réveillait en elle une émotion sourde, un souvenir plus précoce. La douleur semblait profonde. Une partie de l'histoire me manquait. Le silence de ma mère dissimulait une souffrance. J'en étais convaincue car les enfances heureuses se partagent. J'avais envie qu'un lien existe entre mon impuissance, celle de ma mère et l'histoire de Mlle Papillon. Même un lien subtil. Une façon d'être unie à cette femme.

22
MLLE PAPILLON

Extrait du carnet de bord de Mlle Papillon – avril 1923

Parfois, je redoute que ce soit le dernier mois ici, à l'abri de ces murs épais qui ont matérialisé mon rêve. Pourtant, lorsque mes compagnes me confient leurs inquiétudes, je les balaie d'un geste de la main. Je les taquine, je leur répète qu'il faut avoir la foi. Je leur rappelle que si les grands hommes de l'histoire avaient baissé les bras parce qu'un projet semblait difficile, notre monde en serait encore à ses prémices, dépourvu des plus belles inventions, chefs-d'œuvre littéraires ou grands opéras. Et c'est là qu'il y en a toujours une pour m'interrompre, rétorquer qu'il n'y aurait pas eu ces guerres non plus. Je les laisse détourner la conversation, concentrer leur énergie sur un autre débat, celui de la grandeur des hommes et de leurs projets.

Lorsque je crains de ne pas tenir, avec ces enfants qui ne cessent de se présenter au portail et l'argent qui ne suit pas toujours au même rythme, je ressasse les chiffres, les projections pour les prochaines semaines et les exigences qui en découlent pour moi. Trouver plus d'argent pour que notre rêve se prolonge.

Maintenant que les enfants grandissent sous mes yeux, c'est différent. Ils ne sont plus ces dizaines de gamins sans visage qui courent dans la rue autour du dispensaire. Ils portent un nom, une histoire, ils sont devenus des Clémence, Damien, Ghislaine, Paul. Je connais leurs rires, je connais la beauté de leurs yeux depuis qu'ils ne sont plus cernés. À Valloires, ils ont désormais une chance de grandir.

Alors quand les caisses ne se remplissent pas assez vite, je cherche d'autres solutions. Je reste assise dans mon lit avec la petite Rose assoupie contre moi. Je me concentre sur sa chaleur. Je me dis qu'on va trouver. Parce que Valloires n'est pas seulement l'œuvre de quelques êtres humains, elle est surtout le projet de Dieu.

Dans mon carnet, je révise la liste des familles les plus généreuses, je fouille ma mémoire pour en identifier de nouvelles, je cherche d'autres moyens de financement, je pousse les limites de ce projet qui n'a jamais été une évidence pour les autres. Si je tiens une année, la guerre sera encore plus loin et la reprise de l'économie nous profitera. Lorsqu'il y aura plus d'argent en France, celui-ci suivra son cours naturel jusqu'à notre trésorier. Je m'encourage à ne pas voir trop loin. Une année, c'est douze mois, et lorsque nous tenons un mois, nous sommes à un douzième de notre objectif. Je me répète que, jour après jour, nous nous approchons de cet instant où il y aura assez parce que Valloires aura gagné. Parce que Valloires doit exister.

Plus rarement, je me laisse envahir par la crainte. J'imagine que nos créanciers s'impatientent et que je dois refuser le prochain enfant qui aura eu la force de faire le chemin jusqu'ici. Je n'entends même plus le souffle régulier de Rose. Je ne suis plus ici, je suis ailleurs, avec toutes les mauvaises blagues de la vie dont aucune volonté ne peut venir à bout. Pour l'exorciser, je rejoue la scène d'un échec une dernière fois avant de me reprendre.

Je me rappelle que la peur fait partie de notre expérience sur terre, qu'elle serre la gorge, malmène le ventre mais ne décide aucunement du destin d'un préventorium. Un instant, je tente de l'accueillir sans lui donner une place trop importante. Je ferme les yeux, je prie le Seigneur, je m'abandonne à cette foi, ma douce alliée. Je l'imagine prendre mes craintes par la main, tranquillement les apaiser pour ne leur laisser que leur voix utile, le message qu'elles portent.

Je caresse la peau douce de Rose, je respire son parfum d'enfant, je me régale de ses joues rebondies, de sa bouche entrouverte qui témoigne de son abandon confiant.

Puis je me concentre sur la prochaine étape.

Quand la misère est partout, nous ne pouvons faire qu'une seule chose. Notre part.

23

Je ne dirais pas que mon pas est léger lorsque je franchis le seuil de ma salle ce matin. Je ne dirais pas non plus que je suis devenue l'infirmière solide dont les bébés ont besoin. Pourtant, l'atmosphère me paraît moins pesante, les prématurés moins désespérément petits et fragiles. Même les parents ont meilleure mine.

Lorsque je passe une main tremblante à travers l'orifice de la couveuse et la pose sur le ventre de Louis, sa chaleur me bouleverse. La sensation d'un pouls qui palpite, d'un torse qui se soulève légèrement, cette peau qui vibre, cette tiédeur qui crie que le corps n'a pas renoncé, sont autant de signes que je n'attendais plus. Louis est toujours là. Petite forme câblée, jambes repliées et poings clos en défense, prêt à en découdre avec les aléas de la vie.

Je tente de me rappeler son visage le jour de sa naissance. Ici, les bébés ne semblent jamais grandir. À force de les observer en permanence, leur évolution nous échappe. C'est seulement lorsque nous les confrontons à des critères objectifs, leur poids, leur taille, que la croissance reprend ses droits.

Il a grandi d'un centimètre ! Elle a pris quatre-vingts grammes !

Des futilités pour le monde extérieur, des caps imperceptibles pour les enfants nés à terme, des détails pour les autres. Des détails qui contiennent pour nous les plus grandes victoires. J'ai vu des parents pleurer de joie parce que leur bébé ouvrait les yeux, d'autres parce qu'il avait pris trente grammes, respiré par lui-même ou, encore mieux, mangé sans assistance. L'ordinaire prend un autre sens entre nos murs. Il revêt ses plus beaux habits, ceux de la surprise que l'on n'osait attendre.

Il n'y a pas d'évidences dans la salle 79. Il y a très peu de promesses ou de garanties, elles sont remplacées par ces mêmes phrases qui reviennent inlassablement. Ces phrases construites autour du mot temps et qui lui donnent tous les pouvoirs.

Avec le temps, nous en saurons plus sur son état, il faut plus de temps pour savoir quand le tube pourra être ôté, une assistance diminuée, une sortie envisagée.

Parfois, je tente de percevoir ces changements invisibles à l'œil nu. Parfois, j'en ai besoin pour tenir, mais pas aujourd'hui. Le roman de ma mère a provoqué une étincelle, me ranime, me ramène ici. Les couveuses alignées et les êtres éprouvés qu'elles protègent m'évoquent les dortoirs de Mlle Papillon. Même si le contexte est profondément différent, je ne peux m'empêcher de superposer nos vies telles deux feuilles de papier. Sur la mienne, transparente, se dessinerait une existence calquée sur celle de Thérèse Papillon, elle en adopterait les contours ambitieux, elle y puiserait cette sagesse qui permet d'accompagner sans craquer.

Depuis quelques jours, je lis avec avidité son histoire. Je veux comprendre ce qui nous sépare, moi dans ma grande fatigue et Mlle Papillon dans sa détermination. Je scrute chacune de ses pensées, j'analyse ses décisions, j'observe la façon dont elle accueille ses doutes sans leur donner une place trop importante. Elle persévère avec aisance là où je m'écroule. Elle peut toucher la peau de ses petits, être témoin de leur douleur sans s'alourdir. Chaque jour, elle poursuit sa quête sans faiblir.

Est-ce une question de caractère? Elle serait faite d'une étoffe qui résiste alors que la mienne s'abîme au contact de la souffrance? Je refuse cette réponse. Elle me condamnerait à renoncer, à m'éloigner de mes bébés. Je ne veux pas non plus d'une conclusion gratuite qui reposerait sur l'époque et l'individualisme de notre société. Il est si facile de se débiner en invoquant ces excuses. Cela signifierait aussi que plus personne aujourd'hui ne peut être infirmière.

Je veux son secret. Je veux être portée par cette même énergie. Je veux être plus proche de mes petits patients et de leur famille. Je veux savoir quoi faire lorsqu'il n'y a plus rien à faire. Je veux savoir quoi dire lorsque aucun choix ne paraît valable. Je veux tout cela mais mes tentatives passées se sont soldées par un échec. J'ai plié sous la pression. Et de défection en défection, une distance s'est installée, formant, telle la coque transparente des couveuses, deux mondes distincts, le mien et celui des autres.

Même si maintenant j'ose m'approcher, ce souffle nouveau est aussi ténu que l'espoir qu'il contient. Il ressemble à la flamme d'une bougie qui vacille sous les soupirs.

J'ignore quoi faire sinon revenir à la salle 79. Revenir et risquer de m'effondrer encore. Risquer de ne servir à rien. Risquer de perdre ce début de quelque chose que je ne peux nommer mais qui me fait du bien.

24

MLLE PAPILLON

Abbaye de Valloires, avril 1923

Bip biiip bip bip biiiip !

Cheftaine poursuit depuis l'alcôve.

Bip biiiiiiiip biiip bip !

Les ordres en morse se propagent dans la galerie où les lits des garçons sont disposés en rangs soignés. Certains sont encore assoupis, d'autres se lèvent et débutent leur toilette.

Il est sept heures et l'abbaye s'éveille. Chaque section se prépare à son rythme et au gré d'un rituel précis. La toilette est expéditive chez les plus âgés. Chez les plus petits, les demoiselles s'y consacrent avec soin et lenteur. Les fenêtres s'ouvrent un peu partout, mêlant les voix de tous âges, les cris et les rires.

Dans leurs uniformes impeccables, les pensionnaires se dirigent vers le réfectoire pour prendre le petit déjeuner. Les grandes tablées se forment, et entre elles les demoiselles se pressent, autant de silhouettes blanches dont la chevelure est retenue dans un voile de même couleur.

Mlle Papillon s'est installée en bout de table. Elle observe ceux qui l'entourent et composent une image d'Épinal. Chaque matin, sa place sur cette chaise lui offre le spectacle d'un repas animé, de ces mêmes enfants qui sont pourtant différents. Le repos a influé sur leur teint, a gonflé leurs joues et effacé leurs cernes. Au fil des jours, les cheveux poussent, les mains s'allongent, les pantalons raccourcissent, sans doute plus vite que dans leur vie d'avant.

Les enfants ont une place attitrée. Un choix stratégique pour éviter les discussions et conflits potentiels. Une façon aussi de leur offrir un port d'attache dans cette nouvelle existence. Les camarades qui les entourent à table forment cette famille d'un autre genre, composée de membres du même âge, de destins semblables.

Les demoiselles s'asseyent à la table des plus jeunes, là où elles sont le plus nécessaires. Mlle Papillon est aussi avec les plus petits. Autour d'elles, les conversations sont faites de mots mâchouillés sans lien entre eux, de questions qui se répètent puis se perdent. Devant les doigts collants, les joues pleines de marmelade, les cuillères qui abandonnent une partie de leur chargement avant d'atteindre une bouche, Mlle Papillon devrait s'activer. Pourtant, aujourd'hui elle reste immobile, absorbée par ses pensées.

Soudain, le ronflement d'un moteur la sort de sa rêverie. Elle se lève brusquement et se précipite vers la porte qui mène à la cour principale. Lorsqu'elle l'ouvre, une détonation parvient aux jeunes oreilles. Les enfants se pressent aux fenêtres, se hissent sur la pointe des pieds, se bousculent pour tenter d'apercevoir la bécane qui pétarade à l'entrée de l'abbaye.

— Jean ! murmure Mlle Papillon les yeux brillants.

La jeune femme descend les marches du perron. La moto s'est engagée dans l'allée et se dirige à vitesse moyenne vers l'abbaye. Autour de Thérèse, les enfants se sont agglutinés. Ils poussent des soupirs chargés d'admiration, montrent d'un doigt nerveux l'engin.

À travers le nuage de poussière qui accompagne sa trajectoire, Jean découvre Papillon et ses enfants. Dans ses lettres, sa sœur avait décrit son projet d'une écriture régulière, faite de mots simples et de phrases courtes. Elle n'avait partagé que l'essentiel, sa modestie dissimulant le reste, le nombre de visages et la beauté des lieux. Elle avait tu l'ampleur de l'entreprise pour ne concentrer leurs échanges que sur les aspects pratiques. L'abbaye avait besoin d'un prêtre et Jean était séminariste. Il fallait un homme d'Église qui aiderait aussi à bâtir, réparer, porter l'eau, un prêtre qui officierait principalement ailleurs que là où il était destiné. Un prêtre qui matérialiserait cette main de Dieu, portant secours là où l'on en aurait besoin. Un frère, un allié à moto pour effacer la solitude d'un papillon.

Pour le plaisir des enfants, Jean s'arrête à mi-chemin, dérape encore sur le gravier puis vire vers la droite puis vers la gauche avant de poursuivre à nouveau vers un public conquis.

Thérèse sourit. Elle a posé les mains sur les épaules de ceux qui l'entourent. À l'approche de Jean, elle serre involontairement sa prise puis d'un seul coup la lâche pour s'avancer vers son frère.

— Jean, quelle surprise !

— J'ai pu me libérer plus tôt, précise-t-il en immobilisant sa moto à l'aide du pied.

Sans attendre, les enfants forment une ronde excitée autour de la bécane, laissant les adultes à leurs retrouvailles.

Jean s'approche de sa sœur et la soulève de terre pour la serrer contre lui. Ils restent un moment en silence, enfin réunis. Thérèse retrouve l'allié qui lui a manqué. Déjà, dans leurs jeux d'enfants, il la soutenait dans ses ambitions. Un frère, tremplin ou bouclier. Un frère donc.

— Bonjour mesdames ! Il paraît qu'une paire de bras supplémentaire ne serait pas de trop ? lance-t-il aux demoiselles le sourire aux lèvres.

Il se retourne vers Thérèse et montre d'une main l'ensemble formé par les bâtiments abbatiaux.

— Alors sœurette, quel endroit magnifique ! Qu'est-ce qui t'a décidée à choisir ce lieu ?

— Papa et son inclination pour les toits, répond Thérèse en passant son bras sous celui de son frère pour l'accompagner vers sa nouvelle maison.

Extrait du carnet de bord de Mlle Papillon – avril 1923

Jean est là. Jean est là. Jean est là. Dans mon lit ce soir, je me répète cette phrase, la plus douce des berceuses. D'un souffle, elle efface ma solitude des derniers jours. Sa présence n'a pas rempli les caisses, et pourtant elles me semblent moins vides qu'avant.

Est-ce cela le pouvoir de l'amour ? Une énergie qui porte les rêves à destination ?

Jean est là.

25

Nous sommes chargés des soins des prématurés mais à l'école des infirmières et lors de nos stages à l'hôpital, personne ne nous enseigne que cette tâche en cache une autre, attribut indispensable de la première. L'attention aux mamans. Du coin de l'œil, tout en m'affairant sur leur petit, je les observe. Comme pour mes bébés, je passe en revue les paramètres objectifs qui permettent d'évaluer un état : le poids et le teint. La peau est le reflet de l'âme. Elle rougit, s'assèche, s'irrite, ternit, elle se laisse envahir par les aspérités ou, au contraire, reste lisse, lumineuse. La peau expose ce que nous voudrions dissimuler, raconte le vécu avec une précision troublante.

Avec le temps, j'ai appris à glaner tous ces indices qui affinent mon intuition. C'est devenu un réflexe au même titre que la succession de gestes pour changer une couche. Sans le savoir, je prends note de leur posture, de leur temps de présence, de leur attitude avec leur bébé. Je surveille les mamans qui en font trop autant que celles qui semblent ne pas en faire assez. Elles sont en proie aux mêmes difficultés, doivent gérer leur impuissance devant ces machines qui les remplacent.

Je ne fais pas partie de ceux qui pensent qu'une maman doit aller bien pour qu'un bébé évolue avec satisfaction. Donner cette responsabilité à une femme éprouvée est aussi cruel qu'inefficace. Par contre, je suis convaincue que les mères doivent rester proches de leur petit, avec tout ce qu'elles sont. J'en vois certaines qui se forcent à sourire ou même retiennent leurs larmes. Sur les conseils de proches bien-pensants, elles ravalent leur angoisse et la rangent là où elles peuvent, pour ne pas la montrer à leur enfant. Pourtant, les bébés n'ont pas besoin d'un parent parfait qui en crève. Ils veulent la vérité. Ils veulent que le visage de leur mère corresponde à ce qu'ils lisent dans ses yeux. Ils veulent une mère qui vit d'un bloc, pas un corps tiraillé par les exigences, la sienne et celles d'autrui.

À mon retour à la salle 79 après la nuit du baptême, j'ai tout de suite perçu un changement chez la maman de Louis. Avec l'expérience, mon intuition récolte les données plus rapidement qu'elles ne parviennent au cerveau. Il m'arrive souvent de repérer que quelque chose cloche sans savoir précisément quoi. J'ai commencé à observer Jeanne plus que les autres. Ses mains posées l'une sur l'autre, ses yeux mi-clos pour se soustraire au présent, ses vêtements moins ajustés qu'une semaine auparavant. Ces quelques signes qui attestent d'un corps en attente.

Il n'y avait pas que cela. Je manquais quelque chose d'important, mais quoi ?

Ce matin, lorsque Louis a poussé un petit cri, elle s'est levée d'un bond et s'est approchée de la couveuse. Sa poitrine contre la paroi transparente, les bras le long du corps, contemplant son enfant avec inquiétude. *Voilà ce qui ne va pas*, ai-je pensé. *Ce sont ses bras, ses mains.*

Ils ne bougent pas. Ils ne se tendent pas vers lui. Jeanne ne touche plus son fils. Elle se contente de se poster à ses côtés, assise bien droite ou debout, une main sur la couveuse. Seule tendresse qu'elle s'autorise. J'ai interrogé les autres infirmières et consulté le dossier de Louis. Aucun peau à peau, aucune assistance aux soins. Mes collègues ne se rappellent pas l'avoir vue tenir son fils au cours des derniers jours. Jeanne s'est éloignée de Louis depuis la nuit de son baptême.

Lorsque je reviens de la pause déjeuner, je poursuis la tournée des soins. Jeanne est assise près de la couveuse, légèrement en retrait. De là où elle est, elle ne peut pas voir le visage de son fils. Elle donne l'impression de faire acte de présence, comme un militaire qui prendrait son tour de garde. Avec un prématuré retenu ici, il est vrai que les mamans ne savent parfois pas où aller, si ce n'est dans cette salle qui les attire inlassablement, comme s'il était interdit de poursuivre sa vie dehors, loin de son enfant.

Je suis capable d'observer, de tirer quelques conclusions plus ou moins valables, seulement après, que faire de tout cela ? J'ai bien sûr alerté le médecin qui m'a répondu d'un haussement de sourcils. J'ai demandé conseil à mes collègues qui m'ont gentiment tapoté l'épaule.

C'est une phase, Gabrielle ! Tu t'en fais trop. La maman nous dira si ça ne va pas.

Sauf que c'est faux. Je suis bien placée pour savoir qu'on ne dit pas toujours quand on est au tapis. J'ouvre le carnet de liaison et passe en revue les notes concernant chaque bébé. J'essaie de relire attentivement les différentes écritures, les pattes de mouche de l'une y côtoient l'écriture régulière de l'autre. En réalité, je cherche. Dans ces lignes bleues, au milieu des lettres qui semblent danser sur la page tant je peine à me concentrer, j'espère trouver autre chose que de simples données relatives au poids, aux selles, à l'urine ou au confort du bébé. Je voudrais y puiser une sagesse. Pouvoir y lire un conseil taillé exactement pour Jeanne et pour moi.

Face à une mère lointaine, surtout si elle a manqué de perdre son bébé, l'infirmière doit…

Je m'y plierais volontiers. Je voudrais dire ou faire quelque chose. C'est souvent cela qui m'a usée dans le passé. Mon impuissance face à la souffrance.

Je lui adresse quelques mots mais ils glissent sur la coquille lisse dans laquelle Jeanne s'est enfermée. Elle sourit poliment, m'offre une réponse brève qui ne peut donner lieu à aucun échange. Immédiatement après, elle retourne à sa position, celle qui la contraint à fixer le balatum gris moucheté. Pour respecter l'intimité des autres dans notre salle qui accueille cinq prématurés, les regards des parents sont souvent dirigés vers le bas, leur bébé, le sol et les pieds qui le parcourent. On ne lève plus la tête lorsque quelqu'un entre. On tente de laisser à l'autre la bulle qu'il mérite. Ce cocon dont il a parfois besoin pour verser une larme. On essaie de lui accorder un peu du *chez-soi* auquel il aspire, comme si notre salle ne contenait pas des couveuses mais cinq maisons. Un jour, une maman m'a confié qu'elle nous reconnaissait à nos chaussures. C'est à cela que je pense maintenant. Pour Jeanne, je ne suis sans doute qu'une paire de savates en plastique roses. Je suis peut-être aussi ces mains dont son fils a besoin mais pas plus. En aucun cas je ne suis l'amie qui pourrait la comprendre.

Trois jours se sont écoulés depuis le baptême de Louis, depuis cette nuit où nous avons cru le perdre. Trois jours que Jeanne n'a pas tenu son enfant. Je me demande comment Mlle Papillon agirait à ma place. Je ne crois pas qu'elle s'embarrasserait de grandes réflexions. Je ne pense pas non plus qu'elle tenterait de convaincre avec des mots. Non, je crois que Mlle Papillon ruserait.

Je parcours la salle du regard en quête d'inspiration. J'ai besoin d'une excuse pour que deux corps se rapprochent. Je reviens à la mère dont le regard a glissé vers le pied de la couveuse. Louis s'agite un peu. Je prends cela comme un encouragement pour faire quelque chose que je ne fais jamais. Mentir.

— Jeanne, je suis vraiment désolée mais nous sommes en effectif réduit cet après-midi.

La jeune femme lève un regard perdu vers moi. Même ses cheveux paraissent fatigués. Elle veut prononcer un mot mais il sort comme un soupir.

— Bien.

Sa réponse ne signifie pas grand-chose mais me confirme que j'ai son attention.

— J'imagine que vous êtes fatiguée. Je suis navrée de vous déranger mais…

Elle se redresse et son *bien* revient telle une vague qui glisse sur le sable. Simple politesse sans doute.

— J'aurais besoin de votre aide.

Sa surprise me rappelle combien les parents se sentent impuissants ici.

— Oui, répond-elle sur un ton peu assuré.

— Vous savez, dis-je sans trop savoir comment formuler les choses. Je dois… changer les draps de notre petit Louis…

Elle m'observe comme si j'évoquais une chose étrange. Je relève la tête pour paraître confiante et poursuis.

— J'aurais besoin que vous teniez Louis dans vos bras pendant que je m'occupe de son lit. C'est mieux que de le déposer sur une couveuse de transport, par exemple…

Ses mains se raidissent l'une sur l'autre comme si la perspective d'un contact la crispait. Je soutiens le regard pour asseoir mon propos. Il ne faut pas qu'elle se doute que cette demande est un prétexte, que pour changer un drap, comme pour beaucoup de choses ici, les mères sont inutiles.

Je vois qu'elle hésite. Elle se lève et ses yeux bleus passent de moi à son fils puis me fixent à nouveau. J'y lis de la peine. De la peur aussi. J'ai envie de tendre la main pour effleurer son bras mais je me retiens. Je ne voudrais rien briser du peu d'élan qui naît en elle. Elle reste debout, les épaules affaissées, figée dans son incertitude.

— C'est le protocole. Je dois changer les draps, dis-je pour finir de la convaincre.

— Le protocole, répète-t-elle en acquiesçant.

Sans attendre qu'elle y réfléchisse encore, je pousse le fauteuil destiné au peau à peau et le place près de la couveuse.

— Le mieux est que vous le preniez en peau à peau pour qu'il ne soit pas perturbé, dis-je en mentant encore. Je ne veux pas changer son lit à la va-vite. Tout doit être fait correctement.

Elle s'assoit docilement dans le siège, les bras ouverts, paumes vers le ciel. Elle m'évoque ces pantins désarticulés. Je me charge d'arracher Louis au ronronnement de sa couveuse et l'approche de sa mère, toujours lointaine. Leurs deux corps me font l'effet de deux poupées de chiffon, inertes ou presque, sans volonté propre. Je glisse le petit contre sa mère qui détourne la tête. Je me dis que c'est la peur de le perdre, que je ne peux pas savoir ce que c'est, moi qui n'ai pas d'enfant, que la peur de perdre peut transformer, retenir les gestes de tendresse, éluder même le simple intérêt.

Un instant, je me demande pourquoi je me suis embarquée là-dedans, à vouloir coller deux êtres qui reprennent leurs forces séparément. Je me demande de quel droit. Je m'étais pourtant promis de ne plus m'impliquer autant.

Louis dort maintenant contre le sein de sa mère, soutenu par le T-shirt de celle-ci. Je ramène les bras de Jeanne qui se laisse faire, et les place autour du petit corps. Comme un peintre devant son tableau, je recule d'un pas pour contempler l'ensemble, ces bras qui retiennent mollement, cette masse chaude qui ne fait que dormir. Cette union que je suis la seule à vouloir.

Comme si elle revenait soudain à elle, Jeanne baisse la tête vers lui. Elle remonte la petite forme de quelques centimètres et respire son odeur. Elle chuchote *Merci* et l'embrasse, les joues baignées de larmes.

26

MLLE PAPILLON

Extrait du carnet de bord de Mlle Papillon – juillet 1939

Vingt ans que nous reconstruisons notre pays et soignons nos blessures de guerre. Mon corps, raidi dans les premiers mois, à l'affût d'un bruit, d'une menace, s'est progressivement détendu.

Valloires aura bientôt vingt ans aussi. Les rumeurs d'une nouvelle guerre se multiplient. Elles nous parviennent d'un peu partout et si elles arrivent ici, dans ce coin isolé, c'est qu'elles sont faites d'autre chose que de murmures angoissés. La préfecture a promis de me tenir informée.

Plusieurs fois, nous nous sommes assis pour en discuter. Tous semblaient avoir un avis précis sur ce que nous devions faire pour nous y préparer. Tous avaient connu la guerre et la façon dont elle prend tout, nos hommes, notre pain, nos sourires.

Ce matin, l'équipe se rassemble à nouveau. Lors de notre dernière réunion, j'avais suggéré un temps de réflexion pour que chacun approfondisse ses idées et les présente, muni de solutions. Nous procédons à un premier tour de table. Je leur demande de parler lentement pour que je puisse consigner le tout dans un rapport que j'ai intitulé « Procédure en cas de menace avérée ». Un titre un peu pompeux pour dire que les choses se gâtent. Que notre bande de volontaires doit d'urgence s'organiser car nous ne sommes que quelques adultes, responsables de centaines d'enfants.

Ma liste n'est pas longue mais sa lecture en fin de séance nous serre la gorge.

Premier point – Chacun est-il prêt à poursuivre sa mission ici si la guerre est déclarée ?

C'est moi qui ai posé la question. Personne d'autre n'aurait osé. Je voulais que chaque membre de l'équipe ait l'opportunité d'exprimer ses angoisses, sa volonté de se rétracter d'un projet ambitieux qu'une guerre rendrait peut-être illusoire. Protégés par les murs de Valloires, nous avons surmonté bien des épreuves, nous avons trouvé notre rythme, nos habitudes, nous avons même créé nos propres fêtes. Nos enfants ont grandi, les premiers se sont mariés et ont eu des enfants à leur tour. Même s'il me semblait juste de poser la question, je ne pouvais aucunement imaginer la fin. Depuis longtemps déjà, Valloires me semble aussi solide qu'éternelle.

Un à un, mes amis ont pris position sur ce premier point. J'ai baissé la tête, je ne voulais pas croiser leurs regards, deviner la suite. Je craignais le pire, entendre mes compagnons de route décréter la fin de leur mission. J'ai retenu mon souffle, les mains nouées en une prière silencieuse. Chacun à leur façon, ils ont choisi de s'engager.

Deuxième point – Quelle est la priorité ?

Nous avons rapidement tranché. Il faudrait écrire aux parents pour connaître leur souhait si la guerre devenait réalité : rapatrier ou non leurs enfants. L'isolement de l'abbaye et les terres cultivables des alentours sont des recours précieux. Nous devions leur présenter la réalité avec toutes ses facettes, ses atouts mais aussi sa cruauté potentielle. D'expérience, nous savions qu'une guerre peut durer des semaines, des mois, des années. Nous connaissions l'état dans lequel elle pouvait laisser un pays, le privant de ses moyens de subsister mais aussi de ses voies de communication. L'habituel séjour de quelques mois, ponctué de courriers et de visites, se muerait peut-être en une absence prolongée et silencieuse. Un temps où personne ne saurait si l'autre est vivant.

Troisième et dernier point de notre liste – Comment subsister ?

Nous aurons sans doute plus que nos centaines de bouches à nourrir. Si les Allemands bombardent les villes voisines, j'ai déjà donné mon accord à la préfecture pour recueillir les bébés des crèches avoisinantes. Il y aura aussi des réfugiés, des personnes égarées et Valloires n'a pas coutume de fermer ses portes à quiconque.

J'ai posé cette question délicate et, subitement, l'atmosphère a changé. Mes amis ont parlé tous en même temps. Envisager des actions concrètes nous rendait la maîtrise d'un avenir incertain. Nous avions la possibilité de lutter, à coups de carottes ou d'arbres fruitiers, de conserves pour l'hiver, de mille façons de faire plus avec moins. En un souffle, nous étions transportés au milieu des vergers, la grisaille de la guerre effacée au profit de l'abondance.

Toutes ces solutions nous promettaient bien plus qu'une simple subsistance. Elles nous accordaient un répit. En nous forçant à plonger les mains dans la terre, à redoubler d'efforts, à travailler plus dur encore, elles seraient un exutoire à l'angoisse.

Cette vision de notre futur, chargé du parfum des récoltes, réduisait la guerre à une étape. Elle ne serait ni la fin de Valloires ni la nôtre.

27

Je suis réveillée par les premières lueurs du soleil. La veille, épuisée par les émotions de la semaine, je me suis écroulée dans mon lit, sans même fermer les volets ni défaire la petite valise dans laquelle je trimbale une trousse de toilette, quelques sous-vêtements et le manuscrit de ma mère. Arrivée au chalet, aux environs de vingt heures, je n'ai pas pris la peine de manger, je me suis immédiatement dirigée vers ma chambre et j'ai ôté mes chaussures avant de me glisser sous les draps tout habillée.

Sous la douche, je laisse l'eau s'écouler sur mes épaules, un massage efficace pour dénouer les tensions. Après une semaine de travail à l'hôpital, j'ai la sensation qu'une odeur étrange colle à ma peau, un mélange aux effluves de pénicilline, de lait caillé et de crème pour le change.

Pour une fois, je prends le temps de me livrer à un rituel hérité de mes voyages avec ma mère. Lorsque nous logions à l'hôtel, après la douche, nous nous enroulions dans les peignoirs de bain mis à disposition des clients pour nous attarder encore à lire, allongées sur le lit, adossées à d'épais oreillers. En quelques gestes, je replace l'édredon et les coussins pour m'installer.

Je feuillette le manuscrit pour évaluer ma progression dans la lecture. J'aurais voulu avancer plus vite mais les gardes et la fatigue m'en ont empêchée. Je m'étais arrêtée à ce bond dans le temps, son texte passait sans transition de 1923 à 1939. J'avais interrompu ma lecture pour appeler ma mère. Je voulais savoir s'il me manquait des pages qui relataient ces années ou comprendre pourquoi ma mère les avait occultées. Comme chaque fois qu'elle abordait ce roman, ma mère était restée vague. Elle m'avait répondu que pour raconter son histoire, seules comptaient deux époques, celle de la création de Valloires et la Deuxième Guerre mondiale. J'avais tenté d'en savoir plus mais elle avait prétexté un double appel et mis fin à notre conversation.

Je relis quelques lignes, remonte le fil des pages pour me remémorer l'histoire puis me plonge à nouveau dans le récit. Alors qu'au début, je me sentais éloignée de Mlle Papillon, de sa force, de son attitude impeccable qui m'agaçait presque, moi qui n'arrivais plus à rien, je la perçois différemment désormais. Je n'avais pas compris combien les premières pages de ses carnets sont emplies de questionnements. D'une écriture pudique, elle les traitait avec une distance que j'interprétais comme de la facilité. Je les parcours à nouveau et elle m'apparaît sous un autre jour. Je tente d'analyser le mouvement qu'elle effectue chaque fois que les doutes l'envahissent : elle s'en approche, les absorbe puis dans le même souffle, avance avec eux. *Faire avec,* comme à la guerre. *Faire avec parce qu'on n'a pas assez d'énergie pour faire contre.*

Je referme le manuscrit. *Faire avec.* Jusqu'ici, j'ai plutôt toujours essayé de faire sans, sans ma fatigue, sans ma grande sensibilité, sans mon découragement, comme s'ils n'étaient pas aussi une partie de moi. Ce qui nous sépare, Mlle Papillon et moi, n'est pas tant le contenu, des qualités présentes ou non, mais surtout une vision. Elle n'a jamais aspiré à être une autre, elle n'y a sans doute même jamais songé. Toute son énergie s'est concentrée sur une seule chose : son projet. Sa maison pour ses enfants. Elle n'a pas eu le temps de ressasser, de s'en vouloir, elle devait avancer.

Faire avec qui je suis. Arrêter de lutter mais faire avec ce que je peux offrir. Cette seule perspective me libère d'un poids. J'éprouve même une certaine joie, j'ai presque envie de retourner à l'hôpital ce matin pour voir comment cette approche transformerait mon quotidien.

J'enfile un jean, un T-shirt et le vieux pull de ma mère. Je prépare un bol de céréales et m'installe face à la baie vitrée. Au loin, j'aperçois Adam dans les bois. Son corps se plie pour ramasser quelques bûches puis se relève pour les lancer dans une brouette. Absorbée par ce mouvement répétitif, je rejoue ce moment où il était ici, où enfin j'aurais pu m'approcher. Alors que, pour une énième fois, je m'apprête à m'en vouloir pour ma passivité ou mon sens particulier des priorités, je m'interromps. *Comment pourrais-je faire avec ?*

Si j'appliquais cela à mes ambitions amoureuses, je devrais faire avec ma timidité, mon manque de confiance en moi, mes peurs et les contraintes de mon métier d'infirmière. Autant dire que ce serait plutôt à lui d'agir… Cette idée reste un instant avec moi et plus je la caresse, plus elle m'apparaît comme une évidence. Je dois cesser de m'apitoyer sur ma vie amoureuse mais plutôt la considérer comme en cours.

J'embarque sous le bras mon manuscrit et une couverture pour m'installer sur la terrasse.

Une heure plus tard, je suis prête à opérer un repli stratégique pour me réchauffer à l'intérieur lorsque Adam se dirige vers son chalet. Dissimulée derrière le manuscrit de ma mère, j'admire sa démarche souple, son torse large, son visage qui, depuis mon point d'observation, semble concentré. Un instant, je jurerais qu'il a tourné la tête vers moi. Il gravit les marches et s'arrête au milieu de sa terrasse. Puis il me regarde et fait quelques pas en direction de mon chalet. D'un coup, mon cœur se met à battre plus fort. Il parcourt la centaine de mètres qui séparent nos chalets et, d'un pas léger, monte l'escalier qui mène au mien.

— Alors, on aime regarder les autres travailler ?

Je baisse le manuscrit et le toise, incrédule. Dans la seconde, une chaleur intense irradie mes joues.

— Pardon… ?

— Je disais que vous semblez aimer regarder les autres travailler, répète-t-il en faisant un geste en direction du petit bois.

— Mais… Je ne vous regardais pas.

Défense stupide qui le fait sourire.

— Je ne vous ai jamais rapporté des bougies en remplacement. Je suis impardonnable, cela m'a échappé, s'excuse-t-il avec une moue adorable. Par contre, pour m'excuser, j'ai une excellente bouteille de vin. Vous voulez vous joindre à moi pour l'apéro ?

Il marque une courte pause avant d'ajouter :

— À moins bien sûr que vous ne soyez appelée à la rescousse pour un… imprévu ?

— L'autre soir, c'était une urgence.

Je le corrige comme si cela avait une quelconque importance. En réalité, j'essaie de gagner du temps. J'ai peur d'accepter son invitation car je pourrais ne pas être à la hauteur, ne pas dire ou faire ce qu'il faut.

— Une urgence, répète-t-il lentement.

Je repense à combien j'étais plus sûre de moi trois ans auparavant. Avant d'être quittée, avant de perdre pied à l'hôpital. J'essaie de me ressaisir. Les excuses qui se bousculent dans ma tête seront toujours là, pour le prochain et tous ceux qui suivront. Si je n'ose rien, je risque de vieillir toute seule dans mon joli petit chalet. Je vérifie l'heure.

— Il est onze heures trente. J'ai acheté quelques tapas. Cela ferait peut-être un bon accompagnement ? dis-je en me levant de mon siège.

— J'envisageais plutôt un apéro en début de soirée…

Je me sens ridicule.

— … mais pourquoi pas maintenant ?

Je respire à nouveau.

— On se retrouve dans cinq minutes, lance-t-il comme s'il s'agissait de la chose la plus naturelle au monde.

Je lui envie son aisance. Rien ne paraît compliqué pour lui. Je reste immobile alors qu'il dévale déjà les marches pour aller chercher le vin. Avant de s'éloigner, il se retourne.

— Hâte de découvrir ces tapas !

Cette phrase me fait rougir. Il a prononcé le mot *tapas* et dans sa bouche, j'ai l'impression qu'il signifie autre chose de plus charnel.

Je rentre me réfugier dans le chalet et dresse la table basse devant la baie vitrée. Je dispose les tapas dans les bols et plats au liséré bleu. Je ranime le feu qui n'existe plus que sous la forme de quelques braises. En me baissant pour prendre une bûche dans le panier, j'aperçois quelques trous dans le bas de mon pull. J'aurais aimé porter autre chose pour un premier rendez-vous que des vêtements usés.

Il frappe à la porte. Je dépose la bûche dans l'âtre et, dans une vaine tentative, je lisse mes cheveux d'une main. Lorsque j'ouvre la porte, je voudrais être cette fille détachée mais mon sourire raconte tout autre chose. J'essaie de le contenir mais ma vraie nature est plus forte.

— Bienvenue, dis-je en désignant d'une main le canapé et la table basse dressée en vitesse.

— Merci, répond-il en me tendant la bouteille de vin. C'est du domaine Boucabeille, mon préféré.

Nous nous installons, chacun se chargeant de la mission qui lui revient. Déboucher le vin ou disposer assiettes, serviettes et couverts face au lac.

— Vous avez pu réparer l'installation électrique ?

— Oui, je crois que tout est en ordre. Et vous, vous avez pu gérer votre urgence ? me demande-t-il en me tendant un verre de vin.

— Oui, c'était intense mais je crois que tout est rentré dans l'ordre. Le vin est délicieux, dis-je avant d'avaler une autre gorgée. Vous habitez ce chalet depuis longtemps ?

J'essaie de poser des questions de fille normale, même si j'en connais la réponse. Quatre mois, deux semaines, trois jours et dix heures.

— Je n'ai ce chalet que depuis quelques mois mais j'y passe tous mes week-ends. Il appartenait à mon oncle.

Comme ni lui ni sa famille ne l'occupaient, je le leur ai racheté. Il était en excellent état. Je me suis contenté de passer quelques couches de peinture.

Il s'est adossé à un coussin, son verre entre les mains. La robe du vin est assez sombre, une teinte qui atteste de sa richesse. Du bout des doigts, il fait tourner le verre et des larmes s'attardent sur la paroi. Il boit une gorgée avant de poursuivre d'une voix grave :

— Je ne savais pas qu'il était encore possible d'avoir cette sensation d'être seul au monde… Dans le bon sens, je veux dire, ajoute-t-il.

— Être loin du bruit incessant de la ville. Du bruit des machines, surtout.

Ces derniers mots sont sortis tout seuls.

— Du bruit des machines ? répète-t-il, intrigué.

— Je travaille en milieu hospitalier.

— Que faites-vous, si ce n'est pas indiscret ?

J'aime la façon dont il se penche en avant chaque fois qu'il me pose une question. À force d'observer les mamans de la salle 79, j'ai appris à repérer ces gestes furtifs qui ponctuent involontairement le quotidien de chacun. J'ai l'impression qu'ils révèlent une facette de la personnalité. Adam est un homme qui s'intéresse aux autres.

— Je suis infirmière en néonatologie, le service qui s'occupe des prématurés. En néonatologie intensive, plus précisément.

Je lui présente les tapas et me sers une assiette, même si je n'ai pas faim.

— Donc vous soignez les grands prématurés ?

— Notamment, et ceux, plus âgés, dont l'état est délicat. Nous accueillons même parfois des bébés nés à terme mais qui rencontrent des difficultés nécessitant nos soins.

Il s'enfonce dans le divan comme si ma réponse méritait un temps de réflexion.

— Ce doit être un métier éprouvant.

— C'est vrai. Ce n'est pas simple. J'avoue que je ne parviens pas encore à le vivre sereinement.

— C'est possible ?

— Certains réussissent. Enfin, j'ai l'impression. Il faut adopter la juste distance, j'imagine. Mais dans un univers où les journées sont intenses, c'est compliqué. Avant de me rendre à l'hôpital ou même en arrivant, j'ai le sentiment de savoir clairement comment faire puis, dans l'action, tout se brouille. Les limites s'estompent et, avant même de m'en rendre compte, je suis à nouveau absorbée par mes petits patients et leurs parents.

Il acquiesce. J'ignore s'il comprend, ou approuve. Peu importe, cela m'encourage. Face à lui, je ne suis plus cette fille qui ne parvient pas à fonctionner normalement.

— Le pire, c'est lorsque l'on ne peut rien faire, dis-je.

— Face à la souffrance, aider est la seule façon de pouvoir gérer.

J'ai l'impression qu'il parle de lui.

— Mais comment aider quand il n'y a rien à faire ?

— Oui, comment ? me demande-t-il en s'avançant à nouveau.

Sa question me fait sourire. Elle me rappelle que tout peut être si simple.

— Je n'en sais rien. Et vous, vous travaillez dans quoi ? dis-je pour changer de sujet.

— Je suis guitariste.

— C'est vrai ?

— Non, mais j'ai toujours rêvé de répondre ça, réplique-t-il en riant. Je joue de la guitare mais seulement comme loisir. Je suis journaliste. Encore un peu de vin ?

— Volontiers, dis-je en tendant mon verre.

Par instants, nos genoux se frôlent et ce contact me distrait. Je tâche de me concentrer sur la conversation pour la relancer comme l'on ranime un feu. Je crains le silence et, en même temps, c'est tout ce à quoi j'aspire. Un silence qui nous rapprocherait car il donnerait toute la place à nos yeux, à nos corps qui se touchent trop rarement. Sans le vouloir, je fixe ses lèvres et perds le fil de nos échanges. Il les remue et j'oublie d'écouter. Il sourit, alors j'acquiesce, même si j'ignore à quoi. Ses lèvres remuent encore. Je tente de revenir à moi, à lui.

— Donc vous êtes d'accord ?

J'ai manqué quelque chose. J'essaie de revenir en arrière en répétant sa dernière phrase dans ma tête mais c'est le vide. Alors je réponds oui.

— Parfait ! Et si on arrêtait de se vouvoyer ? propose-t-il en reposant son assiette sur la table.

J'acquiesce encore.

— Tu n'as pas faim ? Tu n'as pas touché à ton assiette.

Sa façon de me regarder conjuguée à ce *tu* prononcé avec douceur altèrent l'atmosphère. J'ai l'impression de glisser vers une intimité, comme si j'ôtais un vêtement puis un autre, évoluant vers l'essentiel.

— Si, bien sûr, dis-je tout bas.

Il se lève et s'avance vers la baie vitrée. Je voudrais me lever, moi aussi. M'approcher, passer mes bras autour de son corps et me coller à lui. Je voudrais sentir sa chaleur, son odeur. Je voudrais être à quelques secondes de l'embrasser. Plongée dans ma rêverie, je m'aperçois que j'ai délaissé le canapé. Il quitte des yeux le lac et se retourne. Il me regarde, moi qui demeure immobile, debout au milieu du salon.

— Alors, on va la faire, cette promenade ?

C'est donc à cela que j'ai consenti. À un après-midi avec lui.

28
MLLE PAPILLON

Abbaye de Valloires, juin 1940

En gravissant la colline, les enfants ont entamé ce chant que les habitants de la région reconnaissent de loin. Celui qui annonce le passage de gamins en culottes courtes et blousons à carreaux rouges et blancs, de fillettes vêtues de robes bleu ciel. Les mêmes enfants qui, quelques semaines auparavant, faisaient pitié avec leur teint gris arborent aujourd'hui des rondeurs joyeuses. Chaque jour, ils parcourent la campagne pour s'aérer entre deux cours.

La troupe obéit au sifflet de Camille. Les enfants s'immobilisent pour observer un oiseau ou une plante, puis accélèrent le pas, au gré des instructions. Malgré la guerre, Valloires a tenté de préserver sa routine. Des horaires identiques pour la classe, les repas et le coucher. Des habitudes inchangées pour offrir un sentiment de sécurité aux enfants.

Il ne leur faut que quelques minutes pour traverser les champs, le verger, longer le potager et s'engager dans le passage étroit qui mène à la cour principale. Absorbée par ses pensées, Camille ne les aperçoit pas immédiatement.

Elle se tourne vers ses enfants. En rangs serrés, leurs visages sont soudain sérieux. La bouche crispée, les bras plaqués le long du corps, ils paraissent au garde-à-vous. Leurs yeux ne sont plus fixés sur leur demoiselle, mais sur un point dans la cour derrière elle.

L'écho de quelques mots lui parvient, une phonétique au pouvoir particulier, celui de tendre les corps en un souffle. Depuis des semaines, tous à Valloires les redoutent. Aussi vite que possible, elle tente d'évaluer la situation. Les Allemands sont-ils encore au portail ou déjà dans la cour ? Les ont-ils vus, elle et les enfants ? Est-il encore temps de rebrousser chemin vers le potager, d'éviter aux enfants une confrontation ?

Camille est seule face à ses vingt-cinq enfants, seule avec ses questions, seule avec tous ces possibles, seule à porter ces incertitudes et le choix qui en découlera.

Seule à décider de se retourner.

Extrait du carnet de bord de Mlle Papillon – juin 1940

Cela fait un mois que nous sommes sans nouvelles du monde extérieur. Un mois que les enfants ignorent si leurs parents sont en vie, si leur père est parti à la guerre, si leur fratrie a survécu aux bombardements. Un mois sans savoir s'ils sont seuls sur terre ou si une famille les attend quelque part.

Les Allemands nous déstabilisent en éliminant tout moyen de communiquer sur l'état de notre pays. Les barrages se sont multipliés, les lignes téléphoniques ont été coupées, le courrier n'est plus distribué. Tout nous contraint à un isolement qui nous fragilise face à l'ennemi.

Valloires a aussi opéré une sécession involontaire, produit de la guerre. Même si nous sommes éloignés des grandes villes, je tente d'obtenir des informations de la préfecture pour mieux nous organiser. Quelques rumeurs nous parviennent, portées par les hommes qui sillonnent encore le pays. Dans un murmure craint, les nouvelles se propagent, plus mauvaises de jour en jour. Des villes sont en flammes. Les avions qui nous survolent ont donc choisi d'autres cibles que notre maison. Pour l'instant. À chaque alerte, nous nous réfugions dans les souterrains que nous avons pu consolider. Nous y avons entassé vivres, vieilles couvertures et vêtements chauds.

Les Allemands sont tout près. Cette phrase revient sans cesse dans les conversations : les Allemands sont tout près. Elle est prononcée le regard fuyant comme s'ils pouvaient se manifester à cette simple évocation. Les Allemands nous encerclent, les Allemands s'approchent de notre maison. La rumeur s'intensifie au rythme de leurs pas. Dans des villes voisines, ils défilent avec leurs chars et leur machinerie de guerre, imposant à la population terreur et impuissance.

Chaque matin, depuis mon poste à table, j'observe les enfants. Je tente de me concentrer sur nos victoires même si, face à la menace, elles semblent dérisoires. J'essaie de me réjouir de leurs assiettes pleines, de leurs discussions animées, de leurs sourires.

Chaque matin, je me rappelle que les Allemands ne sont pas ici. Valloires est encore à nous. Les enfants ne sont pas contraints de fréquenter ceux qui malmènent leurs familles et les privent d'un père. J'ai toujours été bonne à ce jeu-là, faire avec ce que la vie me propose.

Pourtant, aujourd'hui, une part de moi semble faillir. Je dois vieillir car au fil des jours, mes tablées joyeuses ne suffisent plus à couvrir le bruit des bottes. Je les vois déjà fouler le pavé de ma cour, faire l'inventaire des pièces, leur allouer une destination tout autre.

Je refuse que Valloires serve l'ennemi. Je refuse que sa pierre soit le premier témoin de projets meurtriers. Je ne veux pas que la beauté des lieux soit mêlée à la fureur humaine, qu'ils viennent briser la cohérence profonde qui existe entre une abbaye et ses enfants, entre une femme et son destin.

Est-ce immature d'espérer que le sublime demeure intact ?

Ce soir, je prie longtemps Notre-Seigneur. Je voudrais que nos mondes soient toujours séparés, que mes têtes blondes ne côtoient pas les uniformes. Pourtant, ce rêve s'éloigne déjà.

Demain matin, assise à la place que j'occupe depuis presque vingt ans, je devrai me concentrer sur l'abondance innée de nos vies. Je devrai rester ici, avec mes petits, avec ma mission.

Ne pas regarder par la fenêtre, ne pas songer à ce rendez-vous qui m'est imposé et à son heure qui approche. Quatorze heures. L'instant où les Allemands se présenteront pour une visite des lieux. L'instant où Valloires perdra peut-être son innocence.

29

Mathilda est seule. Mathilda est toujours seule. J'exagère un peu ; son mari était présent à l'accouchement, du moins vers la fin. Il était présent aussi lorsque le médecin a admis Célestine, vingt-sept semaines, en néonatologie. Il l'a écouté patiemment expliquer que sa fille passerait ici ses premiers mois et il a acquiescé au charabia qui a suivi sans poser de question.

Puis on ne l'a plus jamais revu.

Au début, j'ai imaginé qu'il était en voyage d'affaires. Comme son absence s'est prolongée, j'ai inventé d'autres prétextes, plus ou moins plausibles. Parce que, en regardant Célestine se frotter maladroitement le visage de ses deux poings, j'avais envie d'un accueil plus doux dans ce monde qu'un père démissionnaire.

Lorsque les jours se sont transformés en semaines, j'ai arrêté de croire qu'il reviendrait.

Il n'était pas le premier à opérer un retrait. J'en avais croisé des pères moins impliqués, ceux aux présences sporadiques, ceux qui ne veulent pas prendre leur bébé, ceux qui n'ouvrent pas les bras lorsque leur compagne pleure, ceux qui s'intéressent un peu mais seulement parce qu'il le faut bien. Mais des pères qui s'évanouissent dans la nature comme celui de Célestine, c'était le premier de ma carrière. Il donnait pourtant l'impression d'être concerné par les échanges avec le médecin. Lorsqu'il n'avait pas dit au revoir à sa fille en partant, j'avais mis cet oubli sur le compte de la fatigue, du choc, du tremblement de terre que constitue un accouchement prématuré.

Je ne connais même pas son prénom et, après plusieurs semaines, je ne peux plus poser la question à Mathilda. Lui demander le prénom de son compagnon serait une façon de lui rappeler son existence et l'absence qui va avec. Pire, Mathilda pourrait y voir un reproche. *Il est incapable d'assumer ses responsabilités. Elle est incapable de retenir le père de son enfant.*

Avant de partir, il avait sans doute déposé un baiser furtif sur le front de son épouse, comme le font ces maris qui sont attendus ailleurs. Mathilda venait d'accoucher et il mettait les voiles, l'abandonnant à sa convalescence de jeune maman, aux sutures qui cicatrisent mal, à ses hormones en folie, aux contractions de retour et à tout ce sang qui s'écoulerait à chacune d'elles. Il la laissait là avec son ventre dégonflé. Dans une solitude étrange puisque quelques heures plus tôt, elle était deux et qu'elle se retrouvait désormais seule dans sa chambre.

Elle est forte celle-là.

C'est en ces termes que Mathilda m'avait été décrite la première fois. Candice, une sage-femme de la maternité, m'avait appelée pour annoncer sa visite.

— Je te jure, Gaby, cette femme est forte. Vraiment impressionnante. Un mental de championne ! Jamais vu quelqu'un dans son état si rapidement sur ses deux jambes !

— Quoi, elle vient déjà voir sa fille ?

— Oui, je lui ai dit qu'il fallait d'abord qu'elle sache aller aux toilettes et marcher, tu sais, comme le veut la procédure. J'aurais pu l'amener en chaise roulante mais c'est l'embouteillage ici. Elles accouchent toutes en même temps ! À croire que cette pleine lune qui déclencherait les accouchements, c'est pas qu'une histoire de bonnes femmes…

— Mais son mari peut la conduire ici, non ?

— Ah, si seulement je savais où il est celui-là ! Volatilisé ! J'ai demandé à la maman mais elle a haussé les épaules et s'est remise à sa rééducation accélérée.

— Mais je l'ai vu il y a une heure, lorsque Célestine nous a été confiée après l'accouchement… Comment peut-il être déjà parti ?

— Ah ben Gaby, tous les maris sont pas parfaits, ma chérie ! Tu verras bien quand t'en auras trouvé un ! avait-elle rétorqué en riant.

Si nos effectifs n'avaient pas été réduits ce jour-là, je serais montée la chercher. J'étais inquiète que Mathilda fasse le chemin jusqu'à nous seule. Sous le coup de la fatigue et des émotions, quelques dizaines de mètres peuvent être éprouvants pour une nouvelle maman. Je fixais la porte de l'ascenseur depuis le seuil de ma salle lorsque celle-ci s'était ouverte. Mathilda s'était avancée à petits pas, s'appuyant au mur d'une main. Ses longs cheveux bruns ondulaient sur ses épaules, aussi lumineux et lisses que si elle sortait de chez le coiffeur. Elle avait revêtu une robe vert émeraude fort élégante pour l'occasion. La plupart des mamans débarquent chez nous en legging et T-shirt. Mathilda, elle, s'était apprêtée.

— Vous êtes très en beauté !

— C'est normal, je viens rencontrer ma fille.

Ses yeux brillaient d'un bonheur rare chez une maman qui vient d'accoucher en catastrophe d'un bébé prématuré. Elle s'était arrêtée sur le pas de la porte et m'avait souri.

Chaque jour, Mathilda se présente à la même heure et passe la journée aux côtés de sa fille. Ses visites se déroulent selon un programme précis, à la façon d'un rituel rassurant. Mathilda commence par s'approcher de la couveuse pour parler à Célestine. À voix basse, elle la salue et lui confie quelques détails de son quotidien. Un livre qu'elle a aimé, un plat qu'elle a cuisiné, une conversation avec une amie. Elle ne mentionne jamais son mari. Si Célestine est éveillée, elle adapte le volume de sa voix. Elle lui chante une chanson ou lui passe, à volume minimal, une musique sur son téléphone, le plus souvent un air classique. Comme à une vieille copine, elle lui dit d'un air entendu : *Célestine, il faut absolument que tu entendes ce morceau. Il est juste magnifique. Émouvant. Sublime.* Elle jongle avec les adjectifs comme si sa fille pouvait saisir les subtilités.

Après leur papotage, elle passe un long moment en peau à peau avec Célestine. J'ignore laquelle, de la mère ou de l'enfant, berce l'autre car elles semblent toutes deux profondément apaisées par ce contact. Alors que la plupart des parents restent en position pendant une heure, Mathilda s'attarde. Là aussi, elle respecte une sorte de convention qui lie mère et fille. Elle lui murmure une chanson, toujours la même, une chanson qu'elle ne chante à aucun autre moment. Elle la prévient que leur câlin doit s'interrompre. Elle s'excuse. Elle multiplie les déclarations d'amour. Elle dit des trucs comme *Quel délice de t'avoir contre moi, ma chérie. Je n'aime pas dormir loin de toi. Tu verras, bientôt nous serons ensemble. Ici n'est qu'une étape parmi des milliers d'autres et c'est certainement la moins rigolote. Mais ce n'est pas la vie. Juste un temps nécessaire pour que ton corps prenne la dimension et les compétences de celui d'un grand bébé. Ma Célestine chérie, tu imagines ! Bientôt, tu seras un grand bébé et nous rentrerons chez nous !*

Le contenu varie mais le fond reste le même. Une histoire qui parle d'amour et d'avenir, de corps qui accèdent à la liberté, ceux d'une maman et de son enfant.

Cette façon de faire a immédiatement attiré mon attention ; au milieu des mamans qui ont peur, qui ne savent pas trop quoi faire d'un minuscule bébé, Mathilda, elle, a trouvé sa voie.

Elle a assimilé les codes de son nouvel univers avec une aisance déconcertante. Comme les autres parents, elle s'est enquis des lignes vertes qui fluctuent sur le monitoring, mais ses questions étaient différentes. Elles ne concernaient pas les extrêmes entre lesquels le rythme cardiaque doit se maintenir. Mathilda voulait connaître d'autres significations plus subtiles, y puiser un savoir précieux sur la physiologie de son enfant. Ces courbes pouvaient-elles renseigner un bien-être, être le signe d'un sommeil profond ? Pouvaient-elles raconter plus que l'histoire d'un cœur qui se porte bien ou non ?

J'ai tenté de répondre au mieux mais ses questions me donnaient un sentiment étrange, celui d'effleurer l'ampleur de mon ignorance. Jusque-là, j'avais soigné des prématurés en respectant les procédures imposées par les médecins, sans jamais m'interroger sur la pertinence de mes gestes. Pourtant, à côté des urgences, il y avait ces journées où j'aurais pu prendre le temps d'observer, comme Mathilda maintenant. Où ces machines qui paraissaient au centre de ma pratique auraient pu devenir secondaires, où ces ventres, ces bouches, ces bras qui s'agitent pour raconter quelque chose auraient pu devenir tout. Devenir ce qu'il faut regarder.

30
MLLE PAPILLON

Abbaye de Valloires, juin 1940

Mlle Papillon se tient droite au milieu des tablées bruyantes. Aujourd'hui, elle n'est pas parvenue à s'asseoir à sa place habituelle. Nerveuse, elle consulte sa montre à nouveau puis pose les yeux sur les enfants qui achèvent leur repas. Les assiettes sont presque vides. Il sera bientôt temps. D'un geste, elle fait signe aux demoiselles de la rejoindre. Elles en ont discuté plusieurs fois et connaissent les détails des minutes qui vont suivre. Le visage pâle, elles tentent de se concentrer sur les dernières instructions.

— Il est temps de mettre les enfants au lit, ordonne Thérèse à voix basse.

Ses compagnes acquiescent. Devant leur expression inquiète, Mlle Papillon tente de les rassurer encore :

— C'est moi qui parlerai. Tout ce que vous aurez à faire est de demeurer muettes et de regarder droit devant vous.

— Mais ils vont voir qu'on ment. Tout le monde peut le voir ! rétorque Rose en montrant les enfants à table.

— La peur influe sur notre façon de percevoir la réalité. Ils verront ce que nous leur proposerons de voir. Ce que je leur proposerai de voir.

Elles restent un moment sans rien dire, leurs corps incapables d'avancer vers un futur que leurs esprits refusent. C'est Rose qui bouge en premier. Elle se dirige vers sa table et exige le silence. Les petites têtes se tournent vers elle, attentives. Les autres demoiselles l'imitent, chacune à leur poste. Rapidement, les tables sont débarrassées et nettoyées et les enfants rejoignent leurs dortoirs respectifs.

— Ils sont tous au lit.

Rose l'a rejointe sur le perron. Mlle Papillon baisse la tête, regarde pour la quinzième fois cette aiguille qui s'approche dangereusement d'un moment qu'elle n'aurait jamais cru possible. Dans quelques minutes, il sera quatorze heures.

Son frère lui manque. Elle aurait voulu pouvoir lui confier son projet, confronter leurs idées. Elle aurait aimé avoir son aval. Elle voudrait ne pas être accaparée par son propre sort alors que lui livre un tout autre combat. Elle tente de l'imaginer un fusil entre les mains, fondant sur l'ennemi, mais la seule image qui revient avec force est celle de ce souvenir d'enfance, de cette journée à la mer, de lui qui court loin devant dans l'eau glacée d'avril. Elle peine à le suivre. Il se retourne, lui sourit en ouvrant les bras. La carte postale s'estompe, son esprit la ramène ici, à ce portail vers lequel elle doit maintenant marcher. Son corps lui semble soudain lourd. Elle doit descendre l'escalier. Elle contemple une dernière fois les fenêtres, songe aux enfants allongés dans leurs lits.

— Ils sont là, dit Rose en pressant le bras de Mlle Papillon.

— Monte avec les autres, je m'en occupe, répond-elle avec une pointe d'autorité.

Elle voudrait embrasser Rose, le nourrisson qu'elle a recueilli il y a presque vingt ans, la serrer dans ses bras, mais elle se l'interdit. Ce geste de tendresse devant l'ennemi la présenterait comme une personne faible, une victime potentielle. Alors que Rose la quitte, elle tente d'attraper sa main, de toucher une dernière fois sa peau. Elle manque sa prise, l'effleure du bout des doigts.

Les Allemands se sont immobilisés devant le portail. Mlle Papillon s'interroge sur les raisons de cette politesse. Après tout, ne sont-ils pas déjà chez eux ? Ce cynisme la surprend, elle ne s'en savait pas capable. La guerre révèle toujours de nouvelles facettes de notre personnalité. Thérèse se rapproche. Elle n'est qu'à quelques mètres d'eux lorsqu'elle se demande quelle doit être sa première phrase. Est-ce d'ailleurs bien elle qui doit parler d'abord ? La nervosité la confronte à d'autres questions, comme si chaque geste, chaque mot déterminait l'issue de cette journée. Parce qu'elle ignore quelle formule choisir, elle ne dit rien. Elle évite de croiser leurs regards, elle ne voudrait pas que son silence soit interprété comme une forme de défiance.

— Bonjour, lance l'homme qui semble le plus haut gradé.

Il paraît lui aussi mal à l'aise. Ses yeux fixent la rangée de médailles qui ornent la cape de l'infirmière. Il lève son bras droit, comme s'il s'apprêtait à lui serrer la main puis, devant le visage fermé de la jeune femme, le ramène le long de son corps.

— Bonjour…

Thérèse hésite. Les titres dansent devant ses yeux. Elle qui a fait la guerre ne sait lequel choisir pour s'adresser à son interlocuteur.

— Bienvenue…

C'est le seul mot qui lui vient, celui qu'elle a prononcé mille fois, debout à cet endroit précis, à l'entrée de Valloires. Celui qu'ils méritent le moins. Il est sorti tout seul. Elle regrette déjà. Se rassure en se disant qu'on est comme on est. Difficile d'accueillir l'autre toute sa vie puis de fermer la porte. On est fait d'une seule étoffe et la sienne l'enveloppe autant qu'elle la domine.

Mlle Papillon recule d'un pas, se poste de profil et ouvre un bras vers son abbaye. Elle privilégie les gestes aux mots qui restent coincés dans sa gorge. Une dizaine d'hommes suivent leur commandant et pénètrent dans la cour pour la première fois. Hier, ils s'étaient contentés d'annoncer la visite du lendemain. Aujourd'hui, ils vont parcourir les lieux en vue de les investir. Le commandant s'arrête un instant, la troupe aussi. Il veut laisser l'infirmière les précéder. Il attend qu'elle l'ait devancé de quelques mètres pour poursuivre son chemin. Toutes ces hésitations forment une chorégraphie étrange. Personne ne semble connaître le protocole dans pareille situation. Le petit groupe progresse lentement vers l'abbaye. Ils font le tour des pièces communes, la cuisine, le réfectoire, le cloître silencieux. Mlle Papillon ponctue leur visite de commentaires superflus. Des *Voici les cuisines*, *Voici le réfectoire* redondants.

Ils gravissent l'escalier en pierre qui les mène à l'étage. Elle se demande à quel moment amener le sujet. Maintenant, avant de pénétrer dans les dortoirs ? Plus tard, lorsqu'ils feront face aux rangées de lits blancs ? Ils ont choisi pour elle. Ils ont accéléré le pas et ouvert la porte sur le dortoir principal.

Avec ces hommes qui se pressent dans l'entrée, le dortoir lui apparaît sous un autre jour. Presque vingt ans qu'elle le traverse sans le voir. Aujourd'hui, elle s'attarde sur son atmosphère douce, produit du soleil filtré par l'ocre des rideaux. Elle redoute sa prochaine phrase, celle qui donnera le ton de son pieu mensonge. Elle se racle la gorge, jette un regard à ses compagnes dont les corps se redressent subitement. Une première toux se fait entendre. Elle est suivie d'une autre. Les enfants ne forcent pas. Ils suivent les consignes, émettent une toux maîtrisée. Le commandant paraît soudain suspicieux. Mlle Papillon saisit sa chance.

— Comme vous le voyez, nous soignons ici des petits tuberculeux. Peut-être vaudrait-il mieux ne pas s'attarder dans cette pièce pour ne pas contaminer vos troupes ?

L'effroi de son interlocuteur lui confirme qu'elle a marqué un point. Forte de cette première victoire, elle poursuit :

— Maintenant, si vous ne souhaitez pas prendre de risque, nous disposons d'une annexe séparée du corps de l'abbaye. Peut-être serait-ce plus prudent de vous installer là-bas ? On a beau essayer de désinfecter un maximum, ces petits mettent leurs mains partout ! Rampes d'escalier, poignées de porte, même les murs sont couverts de leurs empreintes !

Le commandant a un mouvement de recul, scrute ses mains puis se ravise. Il ordonne à ses hommes de sortir. Sans répondre, ils lui tournent le dos pour dévaler l'escalier d'un pas rapide. Elle respire. Elle oublie de les suivre. Elle reste un instant là, à savourer ce que la vie lui offre. Une distance avec les Allemands. Et la possibilité de préserver les siens.

Extrait du carnet de bord de Mlle Papillon – juin 1940

Tous les habitants de la région savent qu'un préventorium a pour mission de prévenir la maladie en remplumant des victimes potentielles, souvent issues de milieux défavorisés, en leur offrant une nourriture suffisante, l'air frais de la campagne et le repos nécessaire. Nous n'avons pas de tuberculeux pour l'instant. Tous nos pensionnaires sont passés par la quarantaine et, le pays étant paralysé, nous n'avons pu accueillir aucun autre enfant.

Aujourd'hui, j'ai poussé des demoiselles honnêtes à mentir par omission, des enfants sains à jouer les malades. La plus grande blague de notre existence. Nous étions quelques centaines dans le coup. Et cela a marché. Les Allemands ont pris peur. Nous, demoiselles vêtues de blanc, avons trouvé le moyen de les effrayer. Et dans notre guerre d'un autre genre, ils se sont retranchés dans le bâtiment à l'entrée. Une cour nous sépare désormais. Une cour, c'est déjà bien.

Ce soir, avec mes compagnes, nous nous sommes réunies dans le réfectoire pour confectionner notre nouveau bouclier. Ce sont les Allemands qui nous ont inspiré cette idée. En les voyant tout penauds devant nos petits malades, nous avons réalisé que nous ne sommes pas une cible intéressante pour les raids aériens. Nous ne sommes qu'une sorte d'hôpital. Nous avons alors décidé de coudre de grandes croix rouges sur des draps blancs, sortes de drapeaux que nous fixerons sur les prairies pour alerter les pilotes.

En travaillant, nous avons revisité cette journée. Nous avons partagé nos impressions, analysé dans les moindres détails cet instant. Nous l'avons rejoué, victorieuses, ravies de notre pouvoir sur l'ennemi. Nous nous sommes délectées de leur fuite, du bruit de leurs bottes dans les escaliers. Avec une pointe de fierté, nous nous sommes aussi extasiées devant l'attitude des enfants. Nous leur avions demandé leur aide et ils étaient parvenus à rester aussi sérieux que des adultes.

Ce soir, nous avons ri. Beaucoup. Ri de notre bonne blague, ri de la vie et des retranchements dans lesquels elle nous pousse. Nous avons ri comme si soudain tout était léger. Nos mains jouant avec le drap blanc, nous avons ri comme tant d'autres soirs avant cette guerre. Comme si finalement rien ne pouvait nous être enlevé.

31

Lorsque je m'arrête devant chez moi ce vendredi soir, mon regard est immédiatement attiré par le chalet d'Adam. À l'arrière, les pièces sont plongées dans le noir. J'éteins le moteur et reste assise un moment dans la voiture. Dans l'habitacle encore chaud, je songe à cette journée passée avec lui. À la façon étrange dont un lien s'altère au fil des heures. Il existe sous la forme de quelques bougies prêtées, se transforme avec une bouteille de vin, se mue au milieu d'une forêt de sapins, puis la forêt s'éloigne au profit d'une terrasse face au lac, de deux corps qui sont proches mais ne se touchent pas. Cet après-midi-là, j'ai oublié ma maladresse, les mois sans homme, mon être rouillé, inapte à la rencontre. Le soleil déclinant, j'ai apprécié la musique de sa voix, son sourire, ses mains qui soutiennent ses propos. Je pense aussi à ce silence. À sa force lorsqu'il succède à ces heures pleines de mots. Je vois à nouveau les reflets dorés qui pigmentent le vert de ses yeux. Sa main qui tressaille comme si elle retenait un mouvement. Lui qui se lève pour partir. L'anniversaire d'un ami en ville. Nous allons nous quitter sans fixer d'autre rendez-vous.

Attendait-il un signal de ma part ? Ai-je perdu la maîtrise de ce langage amoureux et des codes qu'il contient ? Ces derniers jours, je rejoue souvent cette journée. Je ressasse les mots que j'ai choisis. Je les soupèse, je les évalue. Je m'interroge.

Je noue mon écharpe et ouvre la porte de la voiture. Je prends mon sac dans le coffre et entre par la porte arrière. Dans l'entrée, je pose mes affaires et m'apprête à ôter mon manteau lorsque j'aperçois une lueur sur la terrasse. J'avance dans le salon sans prendre la peine d'allumer et découvre, à travers la baie vitrée, que la table a été dressée. Deux assiettes se font face autour de quelques bougies. J'ouvre la porte et il est là, debout, adossé à la rambarde. Je reste immobile sur le seuil. Il est silencieux. Avec la table, il a déjà tout dit.

Il ne bouge pas. Il ne tend pas une main vers moi. Il me sourit.

Il m'attend. Voilà ce à quoi je pense en parcourant la distance qui nous sépare encore.

Au moment où mon corps rencontre le sien, un frisson glisse le long de mon dos, sur mon ventre, mes bras, mes jambes, telle une délicieuse étincelle qui m'anime. Nos lèvres s'effleurent avant de fondre en un baiser. Mes mains sont sur son visage, posées de part et d'autre sur sa barbe naissante, ses bras m'enlacent maintenant et notre baiser devient plus intense. Il m'entraîne à l'intérieur du chalet, fait glisser mon manteau à mes pieds, me pousse à reculons, me guide, lentement, comme dans une danse qu'il serait le seul à connaître. Je sens la paroi froide et lisse de la baie vitrée dans mon dos. Il me presse contre ma vue préférée, m'embrasse dans le cou, parcourt mon corps de ses mains qui sont partout à la fois. Un instant, il s'interrompt et recule. Je rougis. Il est à nouveau contre moi.

— Tu es belle, murmure-t-il à mon oreille avant de poursuivre la course de ses baisers.

32

MLLE PAPILLON

Extrait du carnet de bord de Mlle Papillon – septembre 1940

Aujourd'hui, j'ai reçu une lettre d'apparence identique à toutes les autres lettres. Je l'ai ouverte distraitement et, à la lecture des premières lignes, la nouvelle m'a coupé le souffle. Dans un style impersonnel, l'on m'informait que Jean avait été arrêté. Mon Jean, mon bon Jean, privé de sa précieuse liberté, enfermé comme un bandit.

Je me suis assise dans le cloître. Je voulais rester avec lui. Les yeux clos, appuyée contre la pierre encore tiède, j'ai glissé dans une rêverie où il était de retour. Comme tous ceux qui manquent, il m'est apparu avec tout ce qui le rend unique.

Ce sont d'abord les premiers mois à Valloires qui me sont revenus en une image éclatante, celle d'un homme qui a décidé d'être partout à la fois. Je le revois bâtir ou réparer, diriger la chorale, concevoir des spectacles, animer les enfants, m'épauler là où j'en ai besoin. Il me rejoint aussi dans mes exigences du service à l'autre. Tout doit toujours être impeccable pour mes petits, car pour moi, ils sont des princes.

Chaque matin, il débute sa journée avec le même rituel. Parcourir l'abbaye comme l'on rendrait visite à une vieille dame. Patiemment, il l'examine, relève les tâches à accomplir, l'entretien nécessaire, les quelques réparations. Dans un petit carnet, il note aussi les potentiels encore inexploités. Il envisage les reconversions éventuelles, une organisation des lieux plus efficace, plus propice à l'épanouissement de nos pensionnaires.

Très vite, il étend son champ d'action aux villages environnants. Sur sa moto, il sillonne la campagne et devient célèbre pour son cinéma ambulant. Le temps d'un après-midi, il investit une salle communale, toujours comble. Il offre une trêve à ces travailleurs courageux et les visages levés vers l'image rayonnent, éblouis. Ils sont nombreux à découvrir leur premier film. À l'écran, des mains expertes déshabillent un bébé qui proteste légèrement. Les mains poursuivent malgré tout. À l'aide d'un linge humide, elles nettoient le siège, le sèchent et nouent un nouveau lange autour des hanches du bambin. L'audience reste concentrée. On leur a promis un film, un vrai, après le film éducatif.

Cet après-midi, dans ce moment avec Jean, je me suis demandé ce que je pourrais faire pour soutenir mon frère. J'ai réfléchi longtemps. Je me suis rarement attardée à envisager un problème et ses solutions si d'avance je sais qu'il n'y en a aucune. Soyons réaliste ! Que pourrais-je faire seule contre une armée ? À distance, lui derrière des murs épais, moi entourée des miens ? Pourtant, j'ai persévéré. Évaluer mes options m'empêchait de glisser sur cette pente vertigineuse, celle que je redoute car elle me mène à un état où je ne servirais plus à rien. L'abattement, la tristesse. Comme si ma vie ne pouvait se manifester qu'à travers un prisme unique, selon qu'un moment serve un but ou non.

Et lentement, une à une, les solutions ont été écartées. Alors qu'il n'en restait plus une seule valable, alors qu'il n'y avait plus que moi, vaincue, face à mon frère, j'ai baissé les bras. Et avec cette capitulation, une chose rare s'est produite. J'ai pleuré.

33

Il est six heures. Adam a rejoint la ville hier soir. J'ai passé la nuit au chalet, dans ce lit où je peux encore sentir son odeur.

J'ouvre le robinet pour que l'eau se réchauffe, je dispose mes vêtements sur le valet en bois, je me glisse sous la douche, je me lave, le corps, les cheveux, le visage et j'enfile ma tenue. J'enchaîne ces gestes répétés mille fois. Pourtant, ils sont différents, dépourvus de la lourdeur qui les accompagnait jusqu'ici. Je les accomplissais en songeant à la journée qui m'attendait, aux efforts qu'il faudrait fournir pour tenir. Les visages de ceux que je ne pouvais relever de leur souffrance semblaient être partout, collés à ma rétine, ne me laissant entrevoir la vie qu'à travers leur douleur. Sous la douche, l'air chargé de solitudes de ma salle 79 s'abattait sur moi, alors que j'étais encore à la maison. Tout mon temps de repos était envahi par un ailleurs sur lequel je n'avais pas de pouvoir. J'étais devenue comme mes mamans, comme mes bébés, impuissante. Mon quotidien n'était plus qu'une ligne droite, tendue vers un but flou. Je n'étais plus que ce corps affamé de chaleur mais incapable de la trouver.

Puis il y a eu la peau d'Adam contre la mienne, une peau qui ranime et me ramène sans cesse à elle. Une peau qui empêche tout autre monde de se matérialiser car elle prend toute la place. Une peau comme un bouclier contre les histoires de ma salle 79. Une peau qui me fait exister sans titre ni fonction. Moi. Gaby.

34

MLLE PAPILLON

Abbaye de Valloires, juillet 1942

— Thérèse !

Une voix l'appelle depuis le cloître.

— Ici ! lance Thérèse les mains encore enfoncées dans la terre.

Camille la rejoint au potager en courant.

— Thérèse, répète-t-elle, à bout de souffle. Je t'ai cherchée partout !

— Que se passe-t-il ? répond-elle en se levant.

— Tu dois venir. Il y a une petite fille… Elle est avec son père. Ils sont cachés. Il veut voir la directrice.

Camille n'attend pas de réponse et lui tend une main pour l'aider à se relever.

— Viens avec moi, il faut faire vite.

Thérèse la suit sur le chemin qui mène à la cour principale.

— Ils sont par là, ajoute Camille en accélérant le pas.

Les infirmières passent le portail et longent l'enceinte de l'abbaye jusqu'à des buissons sur la gauche. Camille vérifie que la rue est déserte avant de se pencher. Le père et sa fille sont toujours là, recroquevillés dans leur cachette. Les deux femmes se baissent et les rejoignent.

— On ne pouvait pas se montrer maintenant que des Allemands sont à l'entrée de l'abbaye, dit le père sans autre introduction.

Il a l'air épuisé. Il devrait dire bonjour, se présenter, mais tout lui vient à l'envers. Il se justifie d'abord comme si c'était devenu une priorité. C'est un homme traqué que Mlle Papillon dévisage. Une famille traquée, songe-t-elle en regardant la fillette. L'infirmière tente de se ressaisir. Elle doit être efficace, concrète, parce que c'est comme cela qu'elle pourra l'aider au mieux.

— Vous êtes venus de loin ? demande Thérèse.

— Nous avons parcouru environ quatre-vingts kilomètres.

L'enfant a appuyé la tête contre le torse de son père. Ses paupières papillotent. Elle lutte pour rester éveillée, avec lui. Elle pressent cette séparation sur laquelle personne n'a pourtant mis de mots.

— Elle a deux ans, dit l'homme en affichant un sourire triste.

Il a posé une main tremblante sur les cheveux de la petite et les caresse doucement.

— Comment t'appelles-tu ?

Mlle Papillon s'est penchée vers la fillette qui se réfugie aussitôt dans les bras de son père.

— Depuis quelques jours, nous l'appelons Madeleine, répond-il à sa place. Son prénom est juif, alors…

Thérèse acquiesce.

— Bonjour ma petite.

Elle adresse un sourire à l'enfant.

— Je comprends que tu aies peur. Tu ne nous connais pas. Puis tu as fait toute cette route. Tu dois être fatiguée.

— Je voudrais vous demander…, commence l'homme mais déjà sa voix se brise.

Dans ses yeux, une souffrance inouïe. Il souffle par la bouche pour tenter de contenir l'émotion.

— Une rafle s'annonce. On en parle partout. De loin, j'ai vu les fourguons garés devant votre abbaye. J'imagine que cela signifie que des Allemands y ont établi domicile. Peut-être est-ce stupide ? Peut-être que je ne devrais même pas vous demander de prendre un risque pareil. Je…

L'homme tente de poursuivre mais l'émotion revient avec violence.

— Bien sûr, nous prendrons soin d'elle. Jusqu'à votre retour, murmure Thérèse en posant une main sur l'épaule de l'homme.

Il a pris dix ans en quelques minutes. Ses bras se sont resserrés autour de l'enfant. Il plonge son nez dans les cheveux bouclés. Le temps manque pour la quitter décemment. Le temps manque toujours lorsque l'on est contraint d'abandonner son enfant. Il doit lui dire au revoir ici, sous ce buisson, accroupi à même la terre. La sentir contre lui puis la laisser dans ce lieu inconnu. Il ne pourra pas apaiser les craintes de son enfant, mettre des mots sur ce geste incompréhensible d'un père qui part. Il n'en est pas capable. Comment lui expliquer la cruauté d'un monde qui décime les hommes pour leurs origines ?

Il doit la quitter ainsi, dans une douleur indicible, lui imposer la pire des violences, celle de l'amour qui s'évanouit subitement. Il cherche à toute vitesse comment lutter contre cette souffrance, comment l'en préserver.

— Ma chérie, je veux que tu te rappelles une chose. Je t'aime. Nous t'aimons. Je ne veux pas partir mais nous n'avons pas le choix. Je te laisse ici avec…

Il réalise qu'il ne connaît même pas leurs prénoms. Il a envie de pleurer. Devant son enfant, il ne peut pas. Il se l'est juré. Il lève les yeux vers les deux femmes.

— S'il vous plaît, répétez-lui souvent que je l'aime.

— Nous veillerons sur elle. Les enfants sont forts. Elle a reçu tout votre amour. Et elle vous retrouvera une fois tout ceci… derrière nous…

Thérèse a posé une main sur la petite.

— Je suis désolée, nous devons y aller pour ne pas éveiller les soupçons, ajoute Mlle Papillon.

Devant le supplice du père, elle baisse les yeux.

— Dites-lui au revoir maintenant. Je vais vous la prendre ensuite. Sachez que je la garderai avec moi tout l'après-midi. Je lui raconterai des histoires, je lui montrerai la nature, je l'aiderai à accepter sa nouvelle maison. À patienter.

L'homme acquiesce.

— Merci, répond-il la voix étranglée par l'émotion.

Thérèse connaît son rôle. Ce n'est pas la première fois. Elle a déjà recueilli deux autres enfants juifs. Elle sait qu'elle va devoir prendre la petite, que celle-ci va resserrer son emprise sur un père qui n'aura pas la force de lutter. Elle sait qu'elle va devoir l'enlever à lui, à tout ce qu'elle connaît, à cette relation unique. Elle sera ces mains qui arrachent, et contre elle l'enfant se débattra, la frappera avec ses petits pieds, ses petits poings. Le combat ne s'arrêtera pas une fois la porte de l'abbaye refermée. Il faudra plus à cet enfant pour accepter sa défaite, pour ne pas tenter de s'échapper à la poursuite d'un père disparu. Thérèse sait aussi que derrière chaque porte qui s'ouvrira, Madeleine espérera le voir. Des semaines, des mois durant.

Elle sait mais elle ne peut rien faire d'autre qu'enchaîner ces mêmes gestes qui l'écœurent.

Pour tenir le coup, l'infirmière s'approche sans regarder le père. Elle murmure *Pardon*. À elle, à lui. Elle le répète encore. Pardon pour sa brutalité, pardon de mettre un terme à son enfance, pardon pour la violence de notre monde, pardon pour toute cette souffrance. Elle plaque l'enfant contre elle et se lève. Elle l'entoure de sa cape d'infirmière, la camoufle comme elle peut. Elle se concentre sur ses prochains pas. Elle doit longer le mur, passer le portail sans attirer l'attention. La petite hurle maintenant. Elle crie *Papa!* sans relâche. Thérèse prie pour que les soldats ne l'entendent pas. Elle se sent fragile sur ses jambes, avec toutes ces émotions. Aujourd'hui, elle ne veut pas leur faire face. Aujourd'hui, elle ne se sent pas capable de faire la plus grande blague de sa vie. Elle manque de vaciller, elle doit avancer même si c'est difficile. *Papa! Papa!* D'une main, elle couvre la bouche de l'enfant et persévère. Pied gauche, pied droit, marcher est pourtant si simple. Elle regarde cette entrée et se rappelle la première fois. Son émerveillement devant Valloires. Son coup de foudre. La protection divine dont ces lieux ont toujours bénéficié. Son esprit l'emmène où il peut pour l'aider à fuir cette crainte qui s'empare d'elle à l'approche du portail.

Elle regarde droit devant elle. Camille est à ses côtés. Elle court presque, c'est plus fort qu'elle, même si courir est suspect. Elle franchit le seuil de l'abbaye et croit entendre une porte s'ouvrir sur sa gauche. Elle a peut-être rêvé.

Elle aimerait être déjà là-haut sur le perron, pouvoir refermer la porte et enfin rassurer l'enfant.

— Une nouvelle pensionnaire ?

La voix provient de la gauche. L'accent allemand ne laisse aucun doute.

— Non, non, une enfant du village, bredouille Thérèse.

— Elle semble bien fâchée, remarque-t-il avec un petit rire.

L'infirmière s'immobilise, à regret.

— Elle a mal au ventre. Avec les infirmières, nous allons l'ausculter… la veiller… Au front. Le médecin du village est parti.

Elle parle trop vite, elle mélange les mots. Ils lui échappent avec cette vie contre elle.

— Elle a de belles boucles.

Le soldat s'est approché d'elles. Thérèse réprime un mouvement de recul devant la main qui se tend. Les doigts du soldat effleurent les cheveux de la fillette.

— Jolie petite, conclut le soldat avant de repartir.

Thérèse ne répond rien. Elle n'ose plus bouger. Elle écoute les pas qui, dans son dos, s'éloignent. Ce moment dure une éternité. La porte d'un véhicule s'ouvre puis se referme en un claquement sec. Elle n'aurait jamais songé qu'un son métallique puisse apporter un tel soulagement. Camille passe un bras sous le sien et les deux femmes rejoignent l'abbaye avec un nouvel enfant.

Extrait du carnet de bord de Mlle Papillon – juillet 1942

Ce soir, je pense aux parents de Madeleine. À leur chagrin, à l'amour immense qui pousse à préserver l'autre au mépris de soi-même, en s'infligeant la plus douloureuse des souffrances, celle de peut-être toucher son enfant pour la dernière fois.

35

J'ai remarqué une chose curieuse. Lorsque le monitoring affiche des courbes paisibles et régulières, Mathilda se retient de toucher Célestine. Cette nouvelle habitude est venue s'ajouter aux autres pactes silencieux qui forment la relation avec sa fille. Les yeux rivés sur son enfant, elle s'extasie : *Regardez, Gabrielle, comme Célestine dort bien ! C'est merveilleux qu'elle soit si tranquille ! Elle grandit.* Elle m'adresse ces quelques phrases et je réagis plus pour la forme que parce qu'elle attend une réponse, plus pour les mamans qui assistent à nos échanges que pour la maman de Célestine.

Ce matin, alors que je m'apprête à changer la couche de son bébé, Mathilda s'approche de moi.

— Je crois que Célestine dort profondément. Pourrait-on remettre ses soins à plus tard ? demande-t-elle d'une voix hésitante.

Je la regarde, ébahie. C'est la première fois qu'une maman me parle comme cela, comme si elle savait mieux que moi ce qui est bon pour son enfant. Les mamans et moi nous côtoyons mais nos missions n'ont qu'un point commun, leur bébé. Nous agissons séparément, nos présences se succèdent autour de lui, mais jamais nous n'intervenons dans la sphère de l'autre. Enfin, en tout cas pas elles dans la mienne.

Il me faut quelques secondes pour assimiler. J'observe Célestine et, en effet, elle dort paisiblement. Je pourrais être vexée qu'une primipare m'apprenne mon métier mais Mathilda est particulière. Elle semble ailleurs, dans une dimension où les rôles de chacun n'ont pas d'importance. Dans une dimension où il n'y a que Célestine, elle et une masse indistincte constituée de tous les autres êtres humains vivant sur terre.

Mathilda ne sollicite pas mon avis comme les autres mamans. Au début, cela m'a déstabilisée parce que, dans cet univers inconnu et effrayant pour les parents, mes conseils ont toujours fait loi. Les parents me consultent même sur des questions intimes telles que la durée d'un peau à peau ou la façon de réconforter leur bébé. Comme si les machines en assistant le corps de leur enfant les privaient de leur intuition, les réduisaient à un rôle de pantin. Comme si notre service aidait les bébés à grandir mais oubliait leurs parents. Ils arrivent ici abattus mais ils se tiennent encore droits. Puis, avec les semaines, leur corps s'affaisse. Leur ton assuré s'efface au profit d'une voix dénuée de certitudes. Au fil des jours, les points d'interrogation se multiplient pour finalement ponctuer toutes leurs phrases. Et dans leurs yeux, une nouvelle angoisse s'ajoute aux autres, celle de ne pas connaître leur place.

Mathilda est faite d'une autre étoffe. Elle ne se préoccupe ni des machines ni des autres, elle ne voit que Célestine. Elle la contemple des heures, en attente d'un signe même infime par lequel sa fille se racontera à elle. Depuis quelques jours, elle a même commencé à prendre des notes. Assise sur sa chaise près de la couveuse, elle parcourt la salle du regard, puis écrit quelques mots. Elle lève la tête à nouveau, comme si elle avait omis un détail, et complète ses notes. Ce manège m'a tout de suite intriguée parce qu'ici, aucune des mamans n'a jamais amené un carnet et encore moins écrit quoi que ce soit. Pendant une petite heure, Mathilda semble observer son bébé, la chambre, et même nous, les infirmières. Elle se lève encore, se penche sur Célestine qui dort à poings fermés, pose le cahier sur le plastique de la couveuse et y consigne ce je-ne-sais-quoi qui brûle ma curiosité.

Ce matin, je n'y tiens plus.

— Pourrais-je vous demander ce que vous notez… si ce n'est pas indiscret ? dis-je en me plaçant à ses côtés près de la couveuse.

— J'apprends à observer Célestine. Par exemple, j'ai découvert que si l'on regarde un bébé avec suffisamment d'attention, on peut savoir s'il est plongé dans un sommeil léger ou profond sans se référer aux machines.

Bien entendu, je sais tout cela. Cette matière figurait comme les autres dans mes cours d'étudiante et a lentement glissé dans l'oubli, une fois confrontée à la pratique.

Mes yeux s'attardent sur Célestine, petite forme rassemblée, tranquille sur le drap blanc. C'est une sensation étrange que de contempler ce que je ne vois sans doute plus. Je parcours le corps de Célestine et une douceur infinie s'en dégage, comme si l'amour de sa mère l'avait couverte d'une protection invisible. J'essaie de savoir ce qui la différencie des autres bébés, ce qui suscite en moi ce sentiment de paix profonde. Mais je ne vois rien. J'essaie encore de regarder tout ce qui la compose mais sa sérénité m'éblouit, efface ces détails que je devrais pouvoir relever.

— Je suis désolée, j'ai du travail, dis-je pour échapper à la conversation.

Je veux partir mais elle me retient.

— Restez encore un peu. S'il vous plaît.

Je m'immobilise. Il m'est difficile dire non à une femme dont le mari est absent. Mathilda baisse les yeux sur son bébé.

— J'ai remarqué qu'à cette heure-ci, les bébés de la salle 79 dorment presque toujours profondément. C'est leur heure.

Elle hésite à poursuivre.

— Gabrielle, je crois qu'ici, nous pourrions faire plus pour les bébés, murmure-t-elle sans quitter sa fille des yeux.

J'ai un mouvement de recul. Sa phrase me fait l'effet d'une menace. J'ai envie de lui répondre que je vis pour mon travail, que je suis constamment au service des prématurés et de leurs mamans mais Mathilda ne m'en laisse pas le temps.

— Enfin, je n'y connais pas grand-chose mais j'essaie de lire sur le sujet. Sur une autre approche plus précisément.

Sa menace se mue en gifle. Pour une raison que j'ignore, cette perspective m'angoisse. Mon pouls s'accélère. L'air devient soudain lourd.

— Une autre approche? Mais… tout est pourtant conforme à la procédure, dis-je pour me défendre.

En prononçant ces mots, je réalise la bêtise qu'ils contiennent. C'est bien la première fois que je me réfère à une satanée procédure, moi qui ai toujours souffert de la rigidité de notre pratique.

— Bien sûr, répond Mathilda. Pardon, je ne voulais pas vous ennuyer. Tout est conforme… à la… procédure. Merci pour votre travail qui aide beaucoup Célestine.

Elle a plongé son regard dans le mien et nous savons toutes les deux que je dois rester là et écouter. Je découvre que c'est précisément ce qui me plaît chez Mathilda, cette détermination qui laisse pourtant chacun libre.

Je veux lui demander de m'en dire plus mais le sujet me paralyse. Il remet plus en question que la simple infirmière que je suis.

— Et… ?

Je suis parvenue à prononcer une syllabe. Mon corps se raidit comme à l'approche d'un danger. Je voudrais être prête à tout mais il n'en n'est rien. On n'est jamais prêt pour voir les choses à l'envers.

— C'est juste qu'avec Célestine ici, je me suis intéressée à la façon d'accompagner les prématurés. Vous voyez, je ne pouvais pas rester les bras croisés, impuissante…

Comme les autres parents, se retient-elle sans doute d'ajouter.

— J'ai découvert que l'on peut adapter l'environnement du bébé pour… qu'il soit plus confortable… qu'il grandisse mieux… Je suis loin d'être une experte, bien entendu.

Je sens que Mathilda fournit un effort pour être diplomate.

— C'est une philosophie de soin différente. Le Nidcap. Peut-être en avez-vous déjà entendu parler ?

Ce nom me dit vaguement quelque chose. Un article dans une revue médicale un soir de garde.

— La femme qui en est à l'origine est de passage dans notre ville cette semaine. J'avais pris une place pour assister à sa conférence mais je crains qu'avec Célestine ici, ce soit un peu ambitieux…

— Une conférence ? dis-je en tentant d'assimiler toutes ces nouvelles informations.

Mathilda rejoint sa chaise où ses affaires sont rangées et fouille dans son sac. Elle revient vers moi, un papier en main. Je n'avais pas encore remarqué combien elle s'était amincie. Elle a troqué les robes amples des débuts pour un jean et une blouse en soie. On dirait qu'elle est persuadée que Célestine ne régurgitera jamais dans son décolleté et, en effet, la petite fille ne salit jamais les tenues de sa mère. J'aime la façon dont Mathilda noue ses cheveux en un chignon élégant, dégageant sa nuque et le joli collier qui ne la quitte pas. Une chaîne en or rose avec pour seul pendentif une pierre naturelle transparente de la taille d'un grain de riz. Je me demande si c'est un cadeau de lui. De l'homme qui brille par son absence.

— Si jamais vous voulez y aller, je peux vous la donner… De toute façon, je ne pourrai rien en faire.

Mathilda a posé le ticket dans ma main et referme les siennes autour. J'acquiesce. J'ignore quoi faire d'autre.

Célestine bouge ses petits poings dans le vide, sa façon d'appeler sa mère quand elle se réveille. Mathilda me laisse et s'approche de sa fille. Un sourire illumine son visage. Un sourire qu'elle n'a que pour son enfant. Ce monde-là n'existe que depuis quelques semaines mais il contient bien plus que la plupart des mondes. Avec leurs modestes moyens, le mouvement d'une main, la course des yeux, la caresse qui apaise, Célestine et Mathilda ont entamé un dialogue qui nous échappe.

Et là où je suis le moins nécessaire, là où une maman a le culot de me remplacer, la magie opère. De tous les enfants qui s'évertuent à pousser dans ma salle 79, Célestine est celle qui grossit le plus vite. Une évolution que j'ai tenté d'occulter car sa petite vie dévoile avec une puissance inouïe l'ampleur de mon ignorance.

36

MLLE PAPILLON

Extrait du carnet de bord de Mlle Papillon – juillet 1942

En atteignant enfin le corps de l'abbaye cet après-midi-là, j'ai refermé la porte et, lentement, je me suis laissée glisser sur le sol. Dans mes bras, la petite Madeleine hurlait toujours, alors j'ai pleuré avec elle. De terreur, de rage, d'écœurement. Mon corps tremblait de cette colère trop longtemps contenue. J'avais cru être plus forte que tout ce que la terre pouvait porter de laideur. Je me sentais capable de soigner, sauver, embellir et avec Valloires, cette impression s'était muée en certitude. Nous pouvions tous les recueillir. Tous les protéger.

Valloires avait matérialisé mon rêve et dans ses bras je m'étais abandonnée. Tel un couple harmonieux, nous avions vieilli ensemble. Notre mariage d'un autre genre avait accueilli toutes nos évolutions. Ma belle abbaye s'était modernisée, des tuyaux de toutes sortes s'étaient faufilés dans son sol, apportant eau, chaleur et lumière. Je m'étais modernisée aussi. Mes débuts hésitants avaient laissé place à une gestion sage et maîtrisée. Les enfants m'avaient transformée en une directrice plus instruite. En les rejoignant dans leur souffrance, en leur tenant la main toutes ces heures, un bouleversement s'était produit en moi. J'avais accédé à une connaissance clandestine, invisible aux yeux des autres. Une connaissance qui m'avait portée pendant toutes ces années.

Ce matin-là, avant l'arrivée de Madeleine, je cherchais un exutoire en arrachant les mauvaises herbes du potager. J'avais tout accepté, j'avais tout vu mais mon être était en train de ployer sous une violence nouvelle. La mienne. Les Allemands étaient partout à détruire ce que nous avions mis tant d'énergie à reconstruire. Ils réduisaient en poussière nos maisons comme nos existences. Une telle cruauté m'avait toujours été étrangère, un autre mystère de notre humanité. Je tentais de la tenir à distance, de me concentrer sur ma part en attendant que la guerre cesse. J'avais appris à reporter mon attention sur les petits, sur mes compagnes, sur tous ces autres qui souffraient de la perte d'êtres chers. Mais, ce matin-là, je n'y arrivais pas.

C'est donc à contrecœur que je m'étais levée pour suivre Camille. J'étais fatiguée lorsque la vie avait déposé Madeleine dans mes bras. Je manquais d'énergie pour lutter parce qu'il était trop facile de tout anéantir. Je ne voulais plus rien. Je ne voulais plus rien lorsque la petite avait hurlé. Je ne voulais plus rien quand elle s'était débattue. Puis j'avais croisé le regard de son père, chargé d'une douleur infinie, et j'avais compris que jamais je ne pourrais les abandonner. Que, pour toujours, ma place serait ici. Avec eux.

37

— C'est la relation aux autres qui donne toute sa valeur à la vie. L'être humain existe pour cela. Dès sa naissance, le bébé, même prématuré, est doté de compétences sociales inouïes. Il va être capable de susciter l'attachement sans mots, sans même pouvoir s'agripper comme d'autres primates à sa mère.

Heidelise Als marque une pause. Âgée de plus de soixante-dix ans, la psychologue, professeur émérite de Harvard, a conservé une vitalité étonnante. Nous sommes des centaines à lui faire face et la façon dont elle nous regarde me donne l'impression qu'elle sourit à chacun. Elle ouvre les bras en direction du public avant de poursuivre.

— C'est avec son regard, les quelques expressions de son visage, les mouvements de son corps que le bébé va susciter ce lien avec les autres. C'est aussi de cette façon qu'il va se raconter. C'est de là que nous pourrions partir, nous les soignants et les parents. C'est avec le bébé et toutes les capacités dont il dispose déjà que nous pourrions avancer.

L'oratrice prononce chaque phrase avec calme. Elle s'approche de la table où elle a posé la télécommande et appuie sur le bouton pour passer au diaporama suivant. Une photo d'elle plus jeune aux côtés d'un nourrisson apparaît à l'écran.

— Il n'est pas facile d'intégrer le Nidcap dans la pratique. Même s'il s'agit de bon sens, même si son objectif est l'épanouissement physique et émotionnel des bébés et de leurs parents, vous aurez des détracteurs. Médecins, infirmiers, peut-être même des parents. Avec de si petits êtres, les actes techniques sont d'une complexité inouïe, ce qui ne semble pas laisser beaucoup de place à l'humain. Pourtant, c'est possible. Aujourd'hui, des centaines de médecins et infirmiers y parviennent chaque jour et c'est de leur travail que j'aimerais vous parler.

L'oratrice pointe la commande vers l'écran et appuie à nouveau sur un bouton. Nous attendons dans un silence religieux. Un minuscule bébé apparaît. L'image tremble un peu, la caméra se rapproche, puis s'immobilise. De ce point de vue, le prématuré semble plus grand et chaque détail plus important. Heidelise Als met le film sur pause et nous encourage à observer le bébé pendant le change. Elle attire notre attention sur des éléments qui ont pu me paraître anodins. Les réactions du nourrisson aux différents gestes, le mouvement de ses mains, de ses bras, de ses jambes, l'expression de son visage. Le film reprend, éclairant les spectateurs attentifs.

Je fixe l'écran en concentrant mon attention sur tout ce que l'oratrice a mentionné mais, dans les premières minutes, je suis constamment distraite. Je veux regarder ce bébé mais je superpose à l'image celle des miens. Je veux contempler sa couleur de peau, la façon dont son corps s'exprime mais quelque chose m'en empêche. Je glisse dans une rêverie et dois sans cesse me forcer à revenir à l'image. Celle d'un bébé qui ressemble à tous les miens mais qui est pourtant profondément différent. La taille et le poids sont similaires mais quelque chose m'interpelle, me dérange même.

Est-ce la façon dont il a été disposé, si éloignée de celle de mes bébés ? Le nourrisson endormi est rassemblé sur lui-même, ses membres rapprochés du corps, le tout maintenu dans un drap. Nos bébés sont dévêtus afin que l'équipe médicale puisse voir leurs corps. Ici, le petit est emmailloté, le visage posé contre sa main ouverte, ses doigts serrés autour de ce qui ressemble à une pieuvre. Sa tête ne repose pas, comme chez nous, sur le matelas de la couveuse mais elle s'enfonce dans un coussin qui adopte la forme de son crâne.

Deux mains féminines entrent dans le champ, sans doute celles de l'infirmière qui s'apprête à le changer. L'infirmière se penche sur le bébé puis se redresse. Les mains sortent du champ et rien ne se passe. Sur l'écran, le bébé endormi semble sourire. Je songe à Mathilda qui s'oppose aux soins lorsque sa fille est plongée dans un sommeil profond.

De longues minutes s'écoulent. Dans la salle, certains s'impatientent et remuent dans leur siège. Je tente de rester concentrée sur la forme immuable. Je me demande si moi aussi, j'ai un jour été comme lui. Si l'approche des bébés prématurés à l'époque de ma naissance aurait pu susciter cette paix.

Son visage s'anime maintenant doucement. Le bébé grimace, bouge la tête, ses doigts minuscules lâchent leur prise, délaissant la pieuvre. L'infirmière se rapproche de la couveuse. *Alors, on se réveille, petite cocotte*, murmure-t-elle.

Ses mains se posent délicatement de part et d'autre de l'enfant, à plat. Elle se présente et lui annonce qu'elle doit la changer. Elle chuchote encore quelques mots à peine audibles, les mains toujours immobiles.

Je suis d'accord avec toi, ce n'est pas agréable d'être dérangé dans son cocon tout chaud. Je te promets de le faire aussi délicatement que possible. Je peux commencer ?

L'infirmière marque une pause comme si le bébé allait lui répondre. Son attente me fait sourire. La jeune femme répète sa question. Je jette un regard sur les spectateurs qui ont l'air d'être, comme moi, sceptiques. Maintenant, nous sommes une centaine à espérer le consentement d'un bébé de vingt-six semaines. Il remue encore la tête, ouvre les yeux puis les referme, comme s'il naviguait entre deux états, le sommeil léger et la veille, en quête de repères, d'un environnement familier.

Enfin, un sourire léger mais certain se dessine sur son visage.

Merci. Alors, je commence tout doucement.

L'infirmière ouvre un pan du tissu tout en retenant le bras qui, une fois libéré, pourrait s'écarter. Elle entreprend de défaire le reste tout en contenant l'enfant, à l'image d'une fleur dont on voudrait empêcher les pétales de s'ouvrir.

Les mains de l'infirmière sont partout, elles découvrent l'enfant, le réchauffent, rassemblent son corps qui se disperse. La violence contenue dans chaque geste qui dénude est compensée par une main qui apaise et au rythme de cette alternance, l'enfant se crispe et se détend, une danse qu'il semble déjà connaître. Le bébé est disposé sur le côté pour remplacer sa couche, de manière qu'il puisse rester replié sur lui-même. Puis, délicatement, l'infirmière étire les pans du tissu pour l'envelopper à nouveau. Elle glisse la main minuscule du bébé contre son visage, replace la pieuvre, lisse le tissu, rassure. Avec douceur et habileté, elle transforme le prématuré en un poupon emmailloté de blanc.

Ces mains me bouleversent.

Je baisse les yeux sur les miennes, docilement posées sur mes genoux, et je songe à la façon dont elles s'activent autour de mes bébés, pleines de bonne volonté mais tellement ignorantes. Soudain, mes gestes me paraissent brusques, froids, même contre-productifs lorsque l'on sait que l'absence de stress est propice à la prise de poids, que le calme fait pousser les bébés.

L'image à l'écran me renvoie tous ces possibles, toutes ces choses que je ne fais pas. Je demeure interdite à regarder ce que je ne vois plus depuis longtemps. Le bébé. Au fond de moi, une nouvelle envie est en train de poindre. Je prends mon carnet pour noter mais elle reste floue. C'est un désir que les mots sont incapables de décrire. J'attends comme l'infirmière face à l'enfant que l'envie s'éclaircisse, s'affine et vienne se déposer sur ma feuille mais les mots dansent encore. J'imagine mes mains les rassembler comme la femme a regroupé le corps du nourrisson, je les caresse, je les accueille, je les invite à former ce vœu qui m'est cher. Lentement, ils se métamorphosent en une phrase courte, simple mais qui change tout.

Je veux apprendre.

38

MLLE PAPILLON

Abbaye de Valloires, septembre 1942

Les rafles ont eu lieu. Partout dans la région, des hommes, des femmes, des enfants se sont cachés, traqués comme des chiens.

À chaque rafle, les demoiselles de l'abbaye redoutent que les Allemands franchissent cette limite invisible qui sépare leurs deux mondes, eux dans l'annexe de l'entrée, elles et les enfants dans les bâtiments principaux. S'ils entraient maintenant dans le grand réfectoire où ils sont tous attablés, pourraient-ils les voir, ces petits cachés dans une foule de centaines d'enfants ? C'est la question qui domine chaque jour de rafle.

Les jours où on les craint, comme aujourd'hui, Mlle Papillon ne s'assoit pas à table avec les tout-petits. Elle reste debout devant la fenêtre qui donne sur la cour principale. Elle guette. Elle surveille l'annexe et le portail où d'autres Allemands que leurs locataires pourraient se présenter. Elle noue ses mains en une prière d'un autre genre, une prière distraite, car elle ne peut quitter des yeux cet endroit précis où ils pourraient apparaître.

Par moments, elle se retourne vers les enfants. Elle repère immédiatement ceux qu'elles cachent puisque chacun a une place attitrée. Les traits de ces enfants se mélangent à ceux des autres, des bouches qui dévorent, des yeux qui rient, des fronts qui plissent. Quand elle doute, elle se répète qu'ici, ils sont invisibles, fondus dans la masse.

Depuis son poste, elle voit le commandant ouvrir la porte de l'annexe et s'immobiliser sur le seuil. En quelques secondes, elle entrevoit une dizaine de motifs à cette sortie. Elle tente de se concentrer sur ceux qui n'impliquent pas une visite. Une confrontation.

Elle l'observe tendre la jambe et la dérouler pour former ce premier pas vers son abbaye. Sa grande attention lui donne l'impression que la scène se joue au ralenti. À ce pas succèdent d'autres, tous dans sa direction. Elle ne peut réprimer un mouvement de recul. Elle a posé une main sur sa bouche. Elle tente de réfléchir. Son premier réflexe serait d'ordonner à tout le monde de se lever pour aller se réfugier ailleurs. Mais ils entament à peine leur repas. On ne déplace pas sans bruit trois cents enfants et l'Allemand est presque à leur porte.

Elle pourrait courir vers les petits à protéger pour les cacher mais ce n'est pas ce qui a été décidé à froid, quand un Allemand n'était pas sur le point de frapper à la porte. Leur plan était de les garder toujours ensemble, pour éviter que les enfants prennent conscience d'une quelconque différence. Telle serait leur meilleure protection. Les enfants juifs ne devaient jamais être identifiés, ni par les enfants ni par des tiers. C'était l'unique façon de poursuivre un quotidien où les Allemands pourraient surgir partout, à tout moment, puisque désormais ils étaient chez eux.

L'homme parcourt lentement les derniers mètres qui le séparent encore du corps abbatial. Mlle Papillon compte tout bas : une marche, deux marches, trois marches. Il devrait être là. Elle devrait entendre des coups secs mais il n'y a que le brouhaha joyeux des enfants. Elle hésite à ouvrir la porte d'elle-même. Elle voudrait se glisser dehors, en refermant soigneusement derrière elle. Elle se retient. Ce comportement pourrait paraître suspect. Alors elle attend le signal, celui d'une main allemande sur le bois de son abbaye.

Soudain, il frappe d'un coup franc. Thérèse fait signe à ses compagnes qu'elle s'en charge. D'un geste, elle leur intime de poursuivre leur tâche. Elle place sa main droite sur le métal froid de la poignée et appuie.

— Bonjour, dit-elle en ouvrant la porte.

Parce que tout est artificiel, elle prononce le mot un peu trop tôt, avant que la porte ne soit totalement ouverte. Face au soldat, les traits de son visage se durcissent.

— Comment va la petite ? s'enquiert le commandant après l'avoir saluée.

L'infirmière peine à comprendre le sens de sa question. Devant l'Allemand, son cerveau se cabre comme un jeune poulain. Elle essaie de se concentrer, de trouver à quoi l'homme fait référence. Pour abréger cette conversation. Pour qu'il quitte les lieux. Pour que ses petits soient à nouveau en sécurité.

— La fillette qui hurlait l'autre jour, ajoute-t-il devant le silence de l'infirmière.

Sa langue pèse lourd dans sa bouche, les mots paraissent hors de portée. Il ne faut pourtant en articuler que trois.

Trois mots pour clore ce chapitre et passer au suivant, le motif de sa visite.

— Elle va bien. Que puis-je faire pour vous aider ?

Cette question la dégoûte. Ces mots n'ont rien à faire ensemble. Les Allemands ne les méritent pas. Malheureusement, elle ne connaît aucun autre chemin que cette formule-là. Un comble pour celle qui a rejoint la Résistance.

— Nous manquons de bandages. Les nouveaux stocks ne sont pas arrivés comme prévus. Auriez-vous un surplus dont nous pourrions bénéficier ?

L'homme paraît si poli. L'espace d'un instant, elle pourrait presque imaginer faire face à un simple voisin. Cette guerre est une folie, songe-t-elle.

— Oui, je crois avoir cela. Puis-je vous les déposer plus tard ?

Elle n'a qu'une hâte, que ses pieds débarrassent son plancher.

— Parfait, répond-il en parcourant la salle du regard.

Il fait demi-tour comme s'il s'apprêtait à dévaler les escaliers. Il lève le pied, s'immobilise, le pose au sol puis se retourne vers elle.

— J'apprécie beaucoup ce que vous faites… mais attention à vos petits protégés.

Il a prononcé cette phrase les yeux baissés, comme s'il avait honte. Honte de sa nation et du combat qu'elle porte. Les yeux toujours fixés au sol, le commandant ne voit pas le visage de l'infirmière, saisi par l'effroi. Tout va très vite. Si vite qu'elle doute même d'avoir bien entendu. Il n'attend pas de réponse. Il lui a déjà tourné le dos. Il n'est plus là sur le perron mais parcourt l'allée d'un pas rapide.

Le danger s'éloigne mais à cet instant précis, il semble partout, imprégné dans chaque brique de son abbaye.

— Le temps qui n'est pas consacré aux autres est du temps perdu.

Elle a murmuré cette dernière phrase dans le vide. Elle l'a dite pour elle, pour faire comme si son monde n'avait pas tremblé.

39

Ce matin, lorsque j'entre dans la salle 79, je retiens mon souffle. Je regarde ma salle, la salle dans laquelle j'ai passé tant d'heures à soigner. Tant d'heures à tenter de sauver les petits comme les grands, à faire grandir, à pousser les bébés vers la liberté. Je regarde ma salle et, pour la première fois, sa violence m'éclate au visage. Je vois la lumière crue et artificielle, ces bébés dont les membres s'agitent dans le vide, le volume des alarmes, les mamans postées aux côtés de leur enfant, dos courbé, regard fatigué. Je regarde leurs mains inutiles posées sagement sur leurs genoux. Des bébés et des mamans éloignés par notre ignorance. Tous ces êtres qui ne se touchent pas parce qu'on fait comme on a toujours fait. Parce que je ne me suis jamais posé ces questions-là. Parce que Mathilda n'est arrivée que maintenant.

Je regarde les bébés et j'ai envie de leur demander pardon, à eux et à tous ceux qui les ont précédés. Pardon de ne pas avoir saisi l'évidence, pardon de connaître si peu de la vie, si peu des êtres.

Je reste un instant immobile, témoin de ce monde qui est sur le point de changer, à contempler tout ce qui déraille. En quelques secondes, j'épingle des dizaines de choses à modifier et ce constat me paralyse. Les automatismes sont tenaces. Depuis toujours, mes mains se sont activées avant même que je m'interroge.

Je songe à Mlle Papillon, à ce qu'elle ferait si elle était ici à ma place. Je crois qu'elle ne s'engueulerait pas silencieusement comme cela. Je dois me regrouper, faire un avec moi-même, faire avec ce qui est : moi, les mamans, les bébés et le peu que je connais désormais. Partir de là pour construire.

Pour bien faire, je devrais attendre d'avoir suivi toutes les formations, obtenu l'aval de la hiérarchie et le soutien de l'équipe ou, au moins, d'avoir communiqué sur cette nouvelle approche. Je devrais faire tout cela mais je ne peux pas supporter une minute de plus la vision de ma salle fonctionnant à contre-courant du bon sens. Maintenant que je vois leur souffrance, je ne peux plus me taire. Je devrais mais je ne peux pas. Je ne peux plus.

Est-ce toujours ainsi lorsque l'on saisit le réel plus instruit que la veille ?

Ce bouleversement produit un tourbillon qui nous domine, nous secoue, nous lave de nos certitudes et nous repose enfin, déterminé mais perdu. Ce que je m'apprête à faire est audacieux. Peut-être est-ce même un peu stupide. Alors que les autres mamans, concentrées sur leur bébé, remarquent à peine ma présence, Mathilda s'est levée. Elle se demande sans doute si j'ai assisté à la conférence. Mon visage pâle est un début de réponse.

— Bonjour les mamans… Je propose de rassembler vos chaises pour une… réunion… Je dois vous parler, dis-je sur un ton aussi bas que possible.

Les mamans lèvent la tête vers moi, hagardes. Je fais un geste de la main pour illustrer ma demande. Elles se regardent l'une l'autre. Nous n'avons jamais tenu de réunion. Nous n'avons même jamais rapproché nos chaises ou discuté ensemble autrement que par paires discrètes. Pendant des semaines, nous avons vécu dans la même salle mais nous n'avons jamais formé un groupe.

Je me dirige vers les fenêtres et baisse les stores pour tamiser la lumière. Les mamans m'observent, silencieuses. Mathilda a pris sa chaise et l'a posée au milieu de la salle, seul endroit où il y a assez d'espace pour que cinq chaises puissent être rassemblées. Les autres mamans se lèvent, lentement. D'une main, elles tirent leurs chaises en faisant plus de bruit que nécessaire.

— Soulevez vos chaises, vous allez réveiller les bébés ! dis-je à nouveau d'une voix la plus basse possible.

Elles me lancent un regard interrogateur. Au milieu des alarmes, des va-et-vient incessants du personnel médical, nous n'avons jamais prêté attention au raclement d'une chaise sur le balatum. Dociles, elles se placent en cercle et attendent. Avant de les rejoindre, je me penche sur les machines de chaque couveuse et réduis le volume de leurs alarmes au minimum.

Une fois près d'elles, je réfléchis à la meilleure introduction. En réalité, il n'y en pas.

— Vous avez un T-shirt de rechange ?

Les mamans me dévisagent, de plus en plus intriguées. Toutes acquiescent.

— Alors enlevez votre T-shirt ou votre blouse et donnez-les-moi.

Certaines ont tellement l'habitude de se laisser guider qu'elles entreprennent de se déshabiller sans broncher. D'autres me toisent, sceptiques.

— Pardon, attendez, ce n'est pas dans cet ordre que je dois procéder. Je suis un peu dépassée par tous les changements à mettre en place.

— Des changements ? demande Adélaïde, anxieuse. Pourquoi faudrait-il changer quelque chose ?

Leurs yeux braqués sur moi me déstabilisent. Quelle idiote je suis, à croire que je peux tout transformer sans aucune préparation. Je tente de reprendre depuis le départ :

— Il existe une approche en néonatologie, une approche qui tient davantage compte du ressenti des bébés, de la façon dont ils s'expriment, de là où ils se trouvent dans leur évolution. Cette approche, le Nidcap, n'est pas encore connue dans tous les hôpitaux. Comme pour tous les progrès, il faut du temps.

Les mamans ont l'air plus sereines, alors je poursuis :

— Je suis bouleversée par tout ce que j'ai appris et l'impact de ces informations sur mon travail ici. J'aurais sans doute dû prendre le temps de mûrir tout cela mais l'idée de ne pas tout de suite effectuer certains changements profitables à nos bébés… enfin, bref. Où en étais-je ? dis-je en croisant et décroisant nerveusement les jambes.

— Vous alliez nous expliquer ce qu'est le Nidcap ? suggère Mathilda.

— Le Nidcap. Le Nidcap, c'est du bon sens. C'est le bon sens que nous avons délaissé au profit de la technique ou parce que l'acte technique a capté toute notre attention.

Comme elles ont l'air un peu perdues, je tente une autre approche :

— Par exemple, si vous êtes malades ou affaiblies physiquement, de quoi avez-vous besoin pour vous sentir mieux ? Outre des médicaments.

— De repos, lance Lise.

— Exact ! Et de quoi avez-vous besoin pour vous reposer ? dis-je en essayant de ralentir mon débit de parole.

— De calme, essaie encore Lise.

— De chaleur, renchérit Adélaïde.

— D'une lumière tamisée ou même de rideaux fermés, ajoute Jeanne.

— Des bras de mon mari, suggère Lise. De sa présence ou de celle de mes proches.

Les autres opinent. Je tourne la tête vers les bébés. Je sais la dureté des mots que je vais prononcer et la révélation qu'ils vont précipiter. J'ai mal au ventre pour elles mais on ne peut plus faire marche arrière.

— Les bébés ne sont pas différents de nous, dis-je en faisant un geste à leur intention. Pire, leur corps inachevé est beaucoup plus sensible que le nôtre aux stimulations tactiles, visuelles et sonores. Elles peuvent représenter de réelles agressions. Les prématurés ont besoin d'un autre confort que celui que nous leur offrons ici.

Leurs yeux suivent ma main, découvrent les couveuses à l'aune de cette nouvelle information puis reviennent à moi, emplis d'une douleur soudaine.

En un éclair, elles revisitent les semaines qui viennent de s'écouler : l'image de leur enfant dans une lumière constante, leurs oreilles en proie au son des machines, leur corps loin de bras chauds, et ces foutus horaires de visite.

Toutes ces heures où les portes sont fermées, où elles, les mères, n'ont plus aucun droit. Ces heures où l'on pourrait croire que l'autre est mort ou n'a jamais vu le jour, l'enfant ou la mère. Ces heures qui ne devraient pas exister.

Je le savais. Je le savais.

Voilà la pensée qui domine désormais chez les mamans qui me font face. Celle-là et toutes les interrogations qu'elle suscite.

Pourquoi n'ai-je rien dit, rien senti ? Aurais-je pu faire plus pour le protéger ?

— Je voulais vous demander votre T-shirt parce que j'aimerais le placer dans la couveuse de votre enfant. Votre odeur va le rassurer, va lui rappeler votre existence, vos bras, votre affection, dis-je en tentant de contenir mon émotion. Et à partir de maintenant, nous les préserverons au maximum de la lumière et du bruit.

Je baisse les yeux et nous restons silencieuses. J'ai initié un changement dont je peine à saisir l'importance et les limites. J'ignore quelle est la prochaine étape et ses possibles répercussions. Je ne me suis même pas interrogée sur la réaction des autres, mes collègues, les médecins, ceux qui décident de la façon dont nous exerçons notre métier. Ma seule certitude est que je dois avancer. Les mamans sont prêtes, leurs hommes suivront et les bébés attendent depuis trop longtemps.

Sur une feuille, je griffonne une injonction : *Merci de respecter le silence dans cette salle ou de parler à voix basse pour le bon repos de nos petits.* Dans quelques minutes, je la collerai sur la porte et alors le monde extérieur saura. Il saura qu'ici, dans ma salle 79, celle où tout a toujours été conforme à la procédure, quelque chose vient de changer.

Sans un mot, les mamans se lèvent, ôtent le haut, découvrent leur peau blanche, cette part secrète, témoignage d'une naissance, ce ventre mou qui ne se ravale pas assez vite, ces seins qu'aucune bouche ne vient soulager, ce corps inutile, fatigué d'être retenu ici, ce corps qui brûle de materner.

40
MLLE PAPILLON

Abbaye de Valloires, octobre 1942

À son arrivée à l'abbaye en juillet 1942, Madeleine serre contre elle un baluchon contenant deux robes, une à carreaux rouges et blancs, l'autre bleu ciel, un pull bleu marine épais, deux lots de sous-vêtements, une brosse à cheveux et une pince. Au milieu des vêtements soigneusement pliés se trouve une carte illustrée d'une fleur et d'un papillon. Au dos de la carte, deux écritures se partagent l'espace restreint pour raconter le même amour et promettre un retour prochain. L'une dit *Ce n'est pas ta faute.* L'autre affirme *Nous n'avions pas d'autre choix.* Au fil des lignes, celles-ci se resserrent pour que la carte contienne plus de mots, seuls capables de rappeler un amour malmené par la séparation. L'écriture la plus lisse a même poursuivi en arrivant en bas, elle s'est faufilée sous l'écriture masculine et a parcouru tout le pourtour de la carte pour ne laisser aucun blanc.

Chaque jour, Augustine, la demoiselle qui s'occupe de Madeleine, lui lit la carte et chaque fois, l'émotion revient.

Augustine se représente la mère, une jeune femme affectueuse, couvant la petite, l'embrassant souvent, la prenant contre elle dans son lit le soir pour l'endormir, immobile contre le corps chaud de sa fille assoupie. En parcourant la carte, Augustine perçoit dans les mots qui deviennent pattes de mouche une volonté de rester là, avec sa fille, une douleur infinie à la perspective de lâcher la plume comme plus tard elle devra lâcher sa main.

Même si Madeleine dispose de ses propres vêtements, le préventorium fournit un uniforme afin d'offrir une apparente égalité aux pensionnaires issus de milieux divers.

Le soir de sa première nuit à l'abbaye, Augustine dépose l'uniforme de Madeleine sur la chaise à côté de son lit. Le lendemain matin, en venant réveiller les petits, elle découvre Madeleine debout à côté de son lit, vêtue de sa robe bleu ciel. Augustine lui montre l'uniforme, en vain. La fillette reste immobile les bras collés contre le corps, le regard perdu dans le vide, comme si les paroles de la dame ne lui parvenaient pas. Augustine décide de ne pas la brusquer. L'uniforme peut attendre. Sauf que les jours suivants, la scène se reproduit. Augustine arrive toujours trop tard et Madeleine l'attend, vêtue de l'une de ses robes, à l'endroit précis où elle était la veille. Les semaines se succèdent et Augustine se fait une raison.

Pour ne pas pouvoir la distinguer des autres, elle adapte même les uniformes de ses camarades. Il n'est pas si compliqué de noyer le bleu ciel dans le bleu ciel et le vichy rouge dans le vichy rouge. De toute façon, ils ne datent pas tous de la même époque et l'uniformité des coupes a souffert de la créativité des couturières successives.

Mais Madeleine grandit. En quelques semaines, la robe en dessous du genou a grimpé et s'arrête maintenant à celui-ci. Augustine espère pouvoir bientôt amadouer l'enfant. Il lui reste une dizaine de centimètres, mesure qu'elle ne parvient pas à convertir en semaines.

Chaque matin, alors que les autres petits dorment encore, elle s'assoit sur le lit de Madeleine. Comme si l'histoire de la robe était une parabole reflétant son intégration difficile dans la maison, Augustine tente de la rassurer. Elle lui répète que parfois, pendant longtemps, on veut porter ses robes et puis qu'un jour, soudain, il est possible de choisir autre chose.

Malgré tous ces efforts, Madeleine reste imperméable à la douceur d'Augustine. Elle ne joue que distraitement avec les autres enfants, répond d'un simple signe de tête, se contente d'obéir aux différents rituels de la maison, ceux des repas, des promenades, des ablutions. Son petit corps d'enfant bouge comme celui des autres de son âge mais alors que tout semble un jeu pour eux, elle demeure tristement sérieuse. Madeleine se tient éloignée de la vie de l'abbaye. Elle porte ses robes et puis, surtout, elle garde ses mots pour elle. Depuis le *papa* hurlé le premier jour, il n'en sort plus aucun. Thérèse n'avait pas eu le temps d'interroger le père. *La petite parle-t-elle déjà ?* Une question anodine qui les hantait désormais. Ce jour-là, tous pensaient aux Allemands à l'entrée de l'abbaye, à cette séparation déchirante. En réalité, dans la cruauté de l'instant, personne n'était plus capable de penser. Seuls leurs corps pouvaient encore agir mécaniquement, se lever, porter une enfant, marcher vite mais pas trop, répondre à un Allemand curieux et serrer plus fort la petite contre soi.

Ou rester accroupi, dissimulé par les buissons, les mains sur les oreilles pour ne pas entendre les cris, regarder le vélo, toucher le métal froid, l'enfourcher, seul, et pleurer tout le long du chemin.

Extrait du carnet de bord de Mlle Papillon – octobre 1942

Quand, plusieurs mois auparavant, Jean a franchi le portail d'un pas lent, j'ai cru que la fatigue me jouait des tours, que la silhouette était celle d'un autre visiteur, puisque mon frère était prisonnier. J'ai plissé les yeux pour aiguiser ma vue et ma première impression s'est confirmée. Cet homme était bien mon frère.

J'aurais pu courir vers lui pour l'embrasser mais au lieu de cela, je suis restée immobile derrière la fenêtre du réfectoire. Il fallait calmer mon cœur qui battait trop vite. Je ne voulais pas être celle qui prend de l'âge et s'évanouit dans les bras de son frère enfin revenu. J'ai essayé de ralentir ma respiration, d'habituer mon cerveau à cette nouvelle présence en détaillant la façon dont son corps avait souffert du manque. Son visage amaigri paraissait plus sévère. Ses bras suivaient le rythme de ses pas, le prêtre était devenu soldat.

J'ai mesuré ma chance. Je pourrais bientôt le toucher. Ici, la joie des retrouvailles est toujours ternie par les solitudes qui subsistent. J'ai regardé mon frère avancer vers moi et mon cœur s'est serré pour la petite qui attend avec tant d'obstination.

Chaque après-midi, Madeleine s'assoit sous le même arbre dans le jardin. Elle y reste pendant des heures. Immobile. Je n'ai jamais vu autant de patience chez un enfant de cet âge.

Dès que possible, je vais m'asseoir à ses côtés. Pour attendre ce je-ne-sais-quoi qui n'arrive jamais. Chacun a sa façon d'assimiler la souffrance. Elle n'est pas la même à deux ans ou à cinquante-six.

Moi, j'ai les mots, la foi et l'expérience qui me poussent à croire que tout ceci aura une fin. Et puis, j'ai eu une enfance. Celle de Madeleine s'est achevée brusquement quand elle a quitté les bras de son père.

La petite s'installe toujours dans la même position. Jambes croisées en tailleur, recueillie, mains posées sur les genoux, dos droit. Une attitude calme, empreinte de vigilance, éloignée de celle agitée de ses camarades. Avec les années, m'asseoir de cette façon est plus compliqué. Je le fais quand même parce que je me dis que je dois la rejoindre exactement là où elle est. Et que sa position fait partie du voyage. Les premières minutes sont faciles. Je parviens même à me dresser pour regarder droit devant moi, comme elle le fait. Puis, chaque fois, c'est la même chose. Je me fais avoir. Je patiente plus longtemps que ce que mes genoux peuvent endurer et une fois que je déplie les jambes, une douleur fulgurante les paralyse. J'ai appris à la subir en silence. À côté de la petite Madeleine, les plaintes d'une femme qui vieillit n'ont pas leur place. Sa souffrance à elle suffit.

Maintenant qu'elle grandit, elle devrait prononcer quelques mots mais rien ne sort. J'ai l'impression qu'elle les retient. Elle les entend, les assimile puis décide de les enfouir bien profondément comme s'ils ne pouvaient servir à rien. Elle attend, drapée dans son silence, majestueuse enfant.

Certains jours, lorsque je m'assois près d'elle, je m'aventure à poser une main réconfortante dans son dos. Même au moment où le contact se produit, son corps ne bouge pas. Comme s'il ne se passait rien, comme si elle ne percevait pas la chaleur de ma main. Comme si elle était loin, restée là-bas avec les siens.

Je les contemple, elle et son mystère. Je m'interroge sur la façon dont je peux respecter la promesse faite à son père, celle d'aimer Madeleine comme elle en a besoin. Comment aimer de la meilleure façon une petite qui se terre dans son silence ? Dois-je respecter la forteresse qu'elle s'est construite ? Ou lui imposer la relation à l'autre, à nous autres ?

Je la regarde et aucune réponse ne vient. Je m'efforce encore de rester là. Un exercice difficile pour la femme d'action que je suis.

Dans ces heures d'attente, je découvre quelque chose de nouveau. Toute ma vie, j'ai voulu secourir et, dans une certaine mesure, j'y suis parvenue. Alors que Madeleine m'est toute proche, qu'elle est nourrie et en bonne santé, j'ai le sentiment d'échouer. Ces après-midi aux côtés de Madeleine m'enseignent que rien n'est plus fort qu'une souffrance silencieuse dans la tendre enfance. Rien n'est plus troublant qu'un bambin immobile. Madeleine n'est qu'à quelques centimètres de moi et je suis incapable de la soulager de sa douleur. Je ne peux qu'être là, patienter avec elle.

La petite au regard fixe tournera-t-elle un jour la tête vers celle qui l'a enlevée à son père ? J'ai longtemps prié. J'y crois encore.

41

Dans la lumière tamisée, son corps dégage une sensualité nouvelle. Son buste se soulève au rythme de sa respiration, le reste est immobile, repu, abandonné, à moitié couvert par le drap. Adam s'éveille maintenant, se tourne vers moi, caresse ma peau veloutée par le plaisir, trace d'un doigt lent une ligne qui part du bas de mon ventre, glisse sur le nombril, s'attarde autour de mes seins, se prolonge dans mon cou et s'arrête là, sur mes lèvres. Son doigt les frôle, il en parcourt la courbe avec précision. Il les marque, prochaine destination de sa bouche qui s'approche déjà, entrouverte, inextinguible. Il la colle à la mienne et, dans le même souffle, unit nos corps, les presse dans une danse renouvelée et pourtant unique.

Nos premiers après-midi, nous les passons dans ma chambre à faire l'amour, comme si tout était là, dans le feu de nos peaux qui se touchent et s'embrasent.

Je ferme les yeux pour me concentrer sur la douceur de son étreinte, la façon dont elle m'anime en tout point, comme si le plaisir diffus en dissimulait l'origine première. Il a plongé une main dans mes cheveux et dépose dans mon cou des baisers humides et chauds. Il s'appuie à peine sur son autre bras et pèse maintenant de tout son poids sur moi, affolant à son contact mes bras, mes cuisses, mon ventre, ma poitrine. Il ralentit, s'interrompt pour me regarder puis reprend sa danse terrible. Dans quelques secondes, nous serons à nouveau côte à côte, bercés par nos soupirs. Il prendra ma main, murmurera un mot tendre les yeux rivés au plafond. Je sourirai sans répondre autrement qu'en pressant légèrement sa main dans la mienne.

Dans ce silence béni, je songerai aux après-midi passés, à tous ceux à venir. Ces après-midi comme des étoiles filantes, fugaces et lumineuses.

42

MLLE PAPILLON

Extrait du carnet de bord de Mlle Papillon – juillet 1943

Cela fera bientôt un an que nous cachons nos petits dans la foule. Un an que l'officier m'a mise en garde. Un an qu'il a prononcé ces mots.

«J'apprécie beaucoup ce que vous faites… mais attention à vos petits protégés.»

Les premières nuits, j'avais ressassé ses paroles dans le noir. Je ne parvenais pas à saisir leur sens caché. Cet homme m'expliquait-il les termes d'un contrat dont il était le seul à connaître le contenu et l'étendue ? Le cas échéant, quand exigerait-il sa contrepartie ? Je sondais ses paroles pour tenter de comprendre, je les répétais tout bas avec différentes intonations. Je ne me rappelais pas laquelle il avait utilisée et, à mon oreille, elles semblaient toutes fausses. J'analysais l'expression du visage du soldat, celle que mon cerveau avait pu enregistrer. J'essayais d'y trouver ce qui pourrait m'apaiser. Je voulais que sa voix me lâche mais elle revenait chaque soir, une fois la lumière éteinte. Elle revenait parce que je ne parvenais pas à comprendre pourquoi un Allemand me parlerait de cette façon, avec des mots qui auraient pu être ceux d'un ami. Elle revenait aussi parce que je gardais cet épisode pour moi. Je ne voulais pas inquiéter mes compagnes. Je voulais les laisser à leur insouciance, à leur victoire, la seule que nous avions sur l'ennemi. Ces quelques enfants sauvés, protégés, une preuve que nous pouvions nous aussi, à notre façon, lutter.

Au fil des jours, mon incertitude s'était muée en acceptation. Dieu a toujours protégé Valloires, il ne nous arriverait rien. Je ne pouvais pas tout comprendre. Mon énergie devait être consacrée aux autres mystères qui peuplent notre maison.

Celui de Madeleine, par exemple. La petite accepte qu'on lui parle, qu'on la touche, qu'on la prenne dans les bras mais ne semble jamais concernée par cette affection. Son corps maintient une distance, rigide, solitaire en dépit du contact. Elle a beaucoup grandi en quelques mois. Les enfants qui arrivent ici connaissent souvent un saut dans leur courbe de croissance, leurs corps enfin alimentés selon leurs besoins. Ces centimètres supplémentaires l'ont contrainte à renoncer à ses propres habits. Les vêtements confectionnés par sa mère étaient pour la fillette un gage de retour, un signe de reconnaissance. Pour adoucir la transition, Augustine lui a proposé de recycler ses robes pour qu'elles l'accompagnent encore. Un nœud et un bandeau pour les cheveux, un mouchoir brodé, une trousse doublée, quelques carrés de tissu cousus dans le revers de ses uniformes, une façon de confirmer qu'ils ne la quitteraient pas, qu'ils ne la laisseraient pas ici.

Madeleine continue de s'asseoir sous son arbre et je continue de m'installer près d'elle. Lors de ces rendez-vous silencieux, j'essaie de l'écouter comme je peux. Au départ, j'ai cru qu'il n'y avait rien à entendre. La petite muette et immobile me faisait l'effet d'une statue de pierre. Froide et lisse.

Puis j'ai compris que je devais écouter autrement, laisser de côté le mystère et plonger dans son monde. Sentir le vent sur sa peau, regarder l'abbaye avec ses yeux, embrasser son univers qui ne contenait pas l'essentiel : ses parents. Abandonner mes obsessions concernant cette parole qui ne venait pas, prendre place dans son cœur à elle et poursuivre nos après-midi depuis cet endroit-là.

Et depuis le cœur de Madeleine, j'ai appris ceci.

Notre monde n'a que le sens que nous lui donnons. Celui de Madeleine est en mutation. Nourri par nos soins, son corps a poursuivi son évolution. Même si elle ne nous a pas choisies, elle n'a pas pu lutter sur ce point. Ses cheveux ont poussé, ses mains se sont affinées, son vocabulaire s'est enrichi, sa conscience a mûri. Ces progrès se sont imposés à elle. Une façon de grandir avec nous, malgré elle, comme un projet qui lui échappe. Peut-être même pour elle une forme de trahison envers ses parents qui auraient dû en être les premiers témoins.

J'avais toujours pensé que nous lui offrions le meilleur. Je ne voyais pas combien notre meilleur la rendait désespérément impuissante à collaborer avec ceux qui l'avaient enlevée, ne fût-ce que par ce corps qui pousse de partout.

Dans ce monde qui ne lui appartenait plus vraiment, sa seule issue était de se forger un territoire. Les quelques mètres carrés sous l'arbre, le silence qui l'entoure et tient les autres à distance.

Son monde en mutation était devenu le produit d'une union insolite. Notre maison vibrante et sa présence silencieuse. Notre volonté de la préserver et la sienne de s'échapper. Notre envie de la connaître et la sienne de n'exister qu'avec les siens.

43

— Célestine n'est pas bien, lance Mathilda lorsque je sors du vestiaire.

Même si je n'ai pas encore pris connaissance des comptes rendus depuis la veille, son inquiétude ne me laisse pas d'autre option que de la suivre. Lorsque nous entrons dans la salle, j'essaie de ne pas me laisser distraire par le store relevé.

— Qu'est-ce qui vous donne l'impression qu'elle va moins bien ? dis-je en m'approchant de Célestine.

Mathilda veut ouvrir la bouche mais l'émotion la submerge. Elle montre Célestine et articule trois mots.

— Son état général…

— Elle n'est pas comme les autres jours ?

Elle secoue la tête.

— La couleur de sa peau…, ajoute-t-elle en caressant sa joue.

— Je vais appeler le pédiatre, dis-je en le bipant. Peut-être devrions-nous appeler… le… le papa ?

Une douleur vive traverse le regard de Mathilda.

— Vous avez besoin de soutien. Cela fait longtemps que vous tenez toute seule. Ne peut-il pas venir vous aider ?

Je vous ai vue si heureuse et je vous avoue que je… comment faites-vous… dans les circonstances…

Mathilda se tourne vers son bébé qu'elle a emmailloté dans un lange bleu pâle. Célestine a la grâce de sa mère.

— Ce qui rend heureux, c'est d'en avoir bavé… puis de s'en être sorti, répond-elle simplement.

Je dois me taire. Ne pas lui demander comment on peut en être *sortie* lorsque l'on est enfermée ici. Seule.

— Souhaiteriez-vous que je l'appelle à votre place ?

— Peut-être…, répond-elle en se dirigeant vers ses affaires.

Sur un bout de papier, elle griffonne quelques chiffres.

— Voici son numéro, murmure-t-elle en me tendant le papier.

— Il y a quelque chose que je devrais savoir avant de le contacter ?

Mathilda hausse les épaules.

— Il s'est désengagé, déclare-t-elle, comme si cette information était une révélation.

— Dois-je savoir pourquoi ? Enfin, je veux dire, est-ce nécessaire pour pouvoir bien présenter les choses ? Ou être un chouïa plus empathique ? dis-je sans pouvoir retenir un sourire.

— Je n'en sais rien. Un jour, il a démissionné de son rôle de père. Le jour où j'ai donné naissance à Célestine et puis… il ne semble jamais être revenu sur sa décision. Il voyage beaucoup pour son travail. C'est la seule raison qu'il invoque pour ne pas rendre visite à sa fille. Son travail. Il prend de ses nouvelles mais nous parlons très peu.

Mathilda retrousse ses manches et relève ses cheveux à l'aide d'une barrette. Son élégance est restée intacte, malgré les semaines à attendre ici.

— J'essaie de ne pas m'attarder là-dessus poursuit-elle. Avec Célestine ici, je dois choisir mes priorités. Mon mari et tous les mystères qui l'entourent sont devenus secondaires. Toute mon énergie doit être pour elle.

J'acquiesce.

— Je vais essayer de le contacter, dis-je en me dirigeant vers la sortie.

Dans le vestiaire, je m'assois sur un banc et replie mes jambes pour former cette boule prête au combat. Je compose le numéro. Après trois sonneries, il décroche.

— Monsieur Meyer ?

— Oui ? répond-il d'une voix grave.

— Je suis Gabrielle. Je suis une des infirmières qui s'occupent de Célestine, votre bébé.

— Oui ? répète-t-il.

— Je suis désolée de vous déranger mais Célestine est un peu instable.

— Que voulez-vous dire par là ? me demande-t-il sur un ton glacial.

— Son état est moins bon que d'habitude. Le pédiatre a été appelé pour l'examiner. Nous en saurons plus dans quelques minutes.

— Très bien, répond-il comme s'il s'apprêtait à clôturer l'appel.

Je refuse de le laisser s'échapper.

— Vers quelle heure comptez-vous venir ? Je crois que… cela ferait beaucoup de bien à Célestine de vous voir…

— Vous tombez mal, j'ai beaucoup de réunions aujourd'hui, rétorque-t-il sans autre précision.

J'ai envie de hurler.

— Je suis navrée d'insister mais avec les prématurés, chaque état instable peut… enfin, Célestine a besoin de vous.

— Sa maman n'est pas avec elle ?

— Si, bien sûr, Mathilda est toujours avec elle, dis-je en tentant de dissimuler ma stupéfaction. Mais vous êtes son père !

Je sais que je dépasse les limites. À l'autre bout de la ligne, le silence se prolonge, puis la tonalité le brise.

Je reste assise un instant à rejouer notre conversation. Ai-je été suffisamment claire ? A-t-il compris que son bébé n'allait pas bien ? Un père peut-il réagir ainsi ?

Pour évacuer la colère qui monte en moi, je m'imagine le plaquer contre un mur, lui cracher au visage l'indécence de son absence, la beauté des femmes qui l'attendent. Mais il paraît loin, reclus dans un autre monde. Je le secoue et il se laisse faire comme une poupée de chiffon.

— Gaby ? répète Catherine.

Je me tourne vers elle.

— Tout va bien ? demande-t-elle en s'asseyant à mes côtés.

— Oui. Oui, pardon. J'étais en train d'engueuler le père d'une patiente, dis-je en me levant. Enfin, dans ma tête…

— Parfait, répond-elle en riant. Bienvenue dans la réalité alors !

— C'est le père de Célestine.

— Celui qu'on n'a jamais vu ?

J'acquiesce. Catherine a ouvert la porte de son casier et ôte sa blouse.

— Les choses vont mieux avec Henri ?

— Je crois, fait-elle d'une voix hésitante. Et toi, ton bel inconnu ?

— Je le connais mieux, dis-je sans pouvoir retenir un sourire.

— Et tu ne m'as rien dit ?

— Il y a tellement à raconter… lui, et puis tout le reste. Ma découverte du Nidcap.

— Ah oui, le truc dont tu parles dans ton email.

— Catherine, je t'adore mais des phrases comme ça, ce n'est juste pas possible ! Tu ne peux pas utiliser le mot *truc* lorsque tu parles d'une approche aussi essentielle ! Tu t'es un peu renseignée sur le sujet au moins ?

Elle se tourne vers moi, seulement vêtue de ses sous-vêtements. J'ai toujours admiré sa ligne impeccable. Son aisance aussi, même en petite tenue. Elle s'empare d'un jean qu'elle enfile en poursuivant notre discussion.

— Je n'ai pas encore eu le temps. Mais, Gaby…

— Quoi ? dis-je agacée par la tournure que prend la conversation.

Je sais ce que son ton annonce : une recommandation, voire un avertissement.

— Cette approche est certainement géniale mais… tu ne peux pas faire des changements sans les aborder d'abord en équipe.

— Avec les médecins, tu veux dire ?

— Avec eux, également. Le changement, tout changement, doit être porté par l'équipe pour qu'il soit positif.

— Je croirais entendre les médecins ! Tu as été briefée ? dis-je soudain amusée.

— Un peu, reconnaît-elle en rougissant.

Elle vient s'accroupir devant moi et pose les mains sur mes genoux, comme si elle s'adressait à un enfant de cinq ans.

— Les gens jugent quand ils ne connaissent pas. Les gens rejettent quand ils se sentent exclus. Te connaissant, je suis convaincue que tu n'amènerais que du bon ici. Mais n'oublie pas d'inclure les autres.

— Je manque de temps… Je n'ai pas la force de convaincre les médecins… Je n'ai pas envie de gaspiller mon énergie alors qu'il y a tant à faire …

— Alors parles-en au docteur Marelle, qu'elle s'en occupe à ta place.

— D'accord, je vais voir quand elle est disponible…, dis-je pour qu'elle abandonne le sujet.

— Tu as rendez-vous avec elle dans vingt minutes, annonce Catherine en affichant une moue embarrassée.

— Tu es incroyable ! Depuis le début de notre conversation, tu voulais en arriver exactement là ?

— Comme tu sembles avoir la diplomatie d'un éléphant, j'ai préféré prendre les devants…. Le docteur Marelle est née pour gérer les détracteurs et imposer les changements importants. Fais-t'en une alliée et tu pourras te consacrer à ce que tu fais le mieux. Inspirer les parents et tes collègues infirmières pour qu'ils vibrent du même enthousiasme.

Nous connaissant, je sais déjà que Catherine va gagner. Alors je ne lutte pas.

44
MLLE PAPILLON

Abbaye de Valloires, juin 1944

Thérèse est debout dans la cour lorsqu'elle aperçoit un V1 fendre le ciel dans sa direction. L'armée allemande a mis au point ces nouveaux engins face auxquels une seule prière s'impose : qu'ils ne dévient pas de leur trajectoire, qu'ils ne débutent pas cette ronde infernale qui annonce qu'ils ont trouvé leur cible et vont la percuter. Ces quelques cercles dans l'air juste avant de s'abattre.

Mlle Papillon suit la course du V1 et joint les mains. L'incertitude plane quelques secondes avant que le missile passe au-dessus de Valloires et parte en ligne droite vers la mer.

Elle s'assoit sur un muret, s'attarde pour surveiller le ciel et calmer ce cœur qui bat trop vite.

Mlle Papillon a toujours apprécié ces heures silencieuses qui précèdent le lever, celles où dans la lumière particulière d'un soleil neuf filtré par la brume, elle peut se recueillir et prier. Pourtant, aujourd'hui, l'infirmière ne peut s'empêcher de scruter l'horizon. Dans le petit matin, elle perçoit un sifflement. Elle ignore s'il est réel ou si, avec l'omniprésence du danger, son ouïe a perdu sa fiabilité. Une forme allongée et lisse se dessine au loin. Comme le précédent V1, celui-ci file en direction de l'abbaye.

Thérèse se lève pour aller réveiller les enfants, les mettre à l'abri, ne fût-ce que pour quelques heures. Elle veut avancer vers le bâtiment principal mais quelque chose la retient. Là-haut dans le ciel, le V1 semble freiner sa course et initier une courbe au-dessus de l'abbaye. La courbe poursuit son arrondi et forme un cercle. Thérèse crie en direction des dortoirs mais c'est peine perdue. Si le V1 s'écrase ici, ils n'auront pas le temps de rejoindre les galeries.

Comme un lion rôde autour de sa proie, le missile tourne maintenant en cercles concentriques au-dessus de Valloires, prêt à s'abattre. Mlle Papillon s'est arrêtée pour suivre du regard la danse du V1. Elle a joint les mains pour une nouvelle prière. Elle se répète qu'elle a construit sa maison dans l'endroit le plus sûr au monde. Les bras de Dieu. Elle songe aux enfants endormis. À l'absurdité de la situation. Les Allemands ne vont quand même pas gaspiller une bombe sur eux.

Le missile poursuit sa ronde infernale, réduit progressivement l'ampleur de ses cercles, les concentrant sur sa cible innocente. Thérèse prie encore. Dieu, Notre-Dame de Valloires et tous les saints qui lui viennent à l'esprit, incapable de lâcher du regard l'oiseau de mort. Un engin à l'exact opposé de tout ce qu'elle est. Il détruit là où elle s'est toujours efforcée de construire, il tue là où elle veut préserver, il terrorise là où elle s'acharne à apaiser.

Dans ce face-à-face presque silencieux, les forces s'opposent. Papillon et missile se toisent, chacun animé par sa mission.

Thérèse s'agenouille. Elle murmure une dernière prière, faite de révolte. Tout ne peut pas se terminer ainsi. C'est impossible. Valloires, ses demoiselles et les enfants. L'union d'une vie. Sans le vouloir, elle a fermé les yeux.

Soudain, le bruit s'éloigne. Alors que le missile devait plonger sur eux et les réduire en poussière, il reprend sa course vers l'océan.

Extrait du carnet de bord de Mlle Papillon – juin 1944

Depuis ce jour-là, celui qui m'a confirmé encore que la prière est plus forte que tout, je m'endors comme une masse. Je me couche dans mon lit et, avant de pouvoir tendre le bras vers mon carnet, le sommeil s'abat sur moi telle une chape de plomb.

Avec cette rencontre, chacune de mes cellules a intégré que la fin de mon projet ne m'appartenait pas, que je pouvais baisser la garde, une autre instance prendrait le relais. Valloires, pour qui une part de moi avait toujours veillé, existait en dehors de ma volonté. Son histoire se prolongerait au-delà de la mienne. Je pouvais fermer les yeux, m'abandonner au sommeil, à ma confiance première malgré le danger.

Dès le début, Valloires s'était construite sur des miracles. Recevoir ce lieu alors que la guerre avait laissé si peu derrière elle, croiser ceux qui soutiendraient mon rêve, mes compagnes, un trésorier, des familles aisées et généreuses, et puis surmonter toutes les épreuves. Tant de fois, nous avions été épargnés in extremis. Tant de fois, nous avions frôlé notre fin pour être sauvés par un don généreux, une décision inopinée, la Providence sous toutes ses formes.

Ce soir, j'ai songé à la façon dont nous célébrons Valloires chaque 2 février, depuis vingt-deux ans. Tous nos pensionnaires participent avec assiduité, même si certains restent en retrait pour respecter leur foi, en prenant le poste de souffleur d'orgue.

Je ferme les yeux et lorsque les premiers s'avancent, vêtus de blanc, l'émotion est intacte. Je vois leurs visages éblouis, je connais leurs prénoms. Pourtant, leurs traits se mêlent à ceux qui les ont précédés. Des milliers de petits, des milliers de «Bonjour, bienvenue à Valloires!», des milliers de sourires en retour, des milliers d'enfances préservées, des milliers d'au revoir, des milliers de «Valloires sera toujours ta maison».

Des milliers de sens à nos vies.

45

Il est assis sur une chaise, la tête rentrée dans les épaules, le costume trop grand, comme s'il voulait fuir même ses propres vêtements. Pendant tout ce temps, je croyais qu'il était ailleurs mais lorsque je découvre le mari de Mathilda ce matin, je réalise qu'il n'existe sans doute plus nulle part.

Il a posé les coudes sur ses genoux et la courbe de son dos m'évoque un homme en prière. Pas de ces prières où l'on se recueille. Ici, sa prière est celle du dernier recours, celle où l'on supplie parce que les mots sont tout ce qu'il reste. Ses yeux fixent le sol sous la couveuse, comme s'il n'osait pas les poser sur sa fille.

À cette heure-ci, ma salle est habituellement vide. Le seul parent présent est celui que l'on n'attendait plus. Je l'observe depuis le seuil. Je tente de gagner du temps parce que lorsqu'il se retournera, je devrai avoir décidé. Décidé si cet homme est un monstre, si je continue à le détester ou si l'émotion qui m'envahit doit gagner. Si je dois me laisser influencer par l'empathie qu'il suscite maintenant, si, après toutes ces semaines d'absence, il aura droit à cela.

C'est sa posture qui me touche, ce sont aussi les mots qu'il prononce à voix basse. Ce discours décousu, ces phrases ponctuées de soupirs, cette voix émue qui relate une défaite.

Il y a sa posture, ses mots, et puis il y a son regard à elle. Ses pupilles brillantes rivées sur cet homme qu'elle ne connaît pas. Célestine a tourné la tête vers lui et l'écoute avec une attention précoce pour son âge. Ce sont ses petits yeux concentrés qui ont insinué le doute en moi. Ils me racontent que la vie chahute, que tout est en mouvement, qu'un père, ça va, ça vient.

Il m'est impossible de détester un homme qui est regardé ainsi. Avec tant d'amour et de patience. Les paupières papillotent maintenant, signe que Célestine lutte contre la fatigue. Son père poursuit son histoire, d'une voix lente et douce. Il répète certaines phrases, les plus importantes sans doute. Avec Célestine qui lutte pour écouter, je me suis efforcée de faire pareil. Elle a plus de raisons que moi de lui en vouloir. Si elle lui laisse la possibilité de s'expliquer, je le dois aussi.

Tu comprends, Célestine, les autres prétendent que c'est une bête histoire d'armoire mais c'est beaucoup plus que cela. C'est logique qu'il faille une armoire pour ranger tes vêtements. C'est important les armoires. Je le sais maintenant. Mais vois-tu, jusqu'au jour de ta naissance, les armoires ont toujours été secondaires pour moi. J'ignore pourquoi mes priorités étaient à l'envers. J'ignore pourquoi je ne me suis pas levé pour l'aider, pourquoi je suis resté avec ce bête rapport à boucler. Un samedi, en plus.

Ta maman a murmuré « Ce n'est pas grave » parce que notre couple lui avait appris à dire des phrases comme celle-là, à les penser même. Ce n'est pas grave. Je peux me débrouiller toute seule. Choisir, porter, embarquer, monter. Elle a répété «Ce n'est pas grave» puis elle a refermé la porte et descendu les escaliers. Je ne me suis pas retourné, je n'ai pas dit au revoir, à tout à l'heure. J'ai fait comme si les rapports étaient toute ma vie, parce que sans doute c'était le cas.

Ta maman, elle, a toujours trouvé que les armoires étaient plus importantes que les rapports. Elle voulait être prête à t'accueillir comme tu le mérites. Alors, quand le vendeur lui a répondu qu'il était seul dans le magasin et ne pouvait pas l'aider à charger celle qu'elle avait choisie pour toi, elle a répété cette phrase qu'elle connaissait bien. Ce n'est pas grave. Ce n'est pas grave.

Sauf que si, c'était grave.

Elle a poussé le chariot, elle l'a basculé pour passer du trottoir à la rue, elle a ouvert le coffre, rabattu les sièges. Elle a pensé à toi pour la millième fois de la journée. Elle a caressé son ventre aussi. Puis elle a posé l'extrémité du paquet sur l'entrée du coffre et a entrepris de le hisser en le faisant glisser. Elle n'a pas eu l'impression de fournir un effort particulier.

Je connais chaque détail de ce moment car elle me l'a raconté des dizaines de fois. Elle ne semble pouvoir glisser dans le sommeil que si elle me confie ses regrets, le soir, dans notre lit, une fois la lumière éteinte, comme si seule la nuit pouvait tolérer son récit.

Ces secondes qui entourent le moment où son ventre se déchire, elle les a explorées dans les moindres détails, en quête d'un indice. Elle s'est remémoré les sensations dans son corps, le poids du paquet sur ses bras, il paraissait si léger, elle semblait si forte et le bébé si bien. Lorsque la douleur a brisé ses reins, qu'elle s'est courbée sur toi en hurlant, elle a compris.

Elle croit que je n'ai jamais écouté son histoire. Elle pense que je dormais parce que, comme un con, je n'ai rien dit. Je ne me suis même pas tourné vers elle. Je ne l'ai pas prise dans mes bras. Je l'ai laissée seule avec l'ombre du berceau qui attend à côté de notre lit. Seule avec son ventre plat et ses seins durs. Seule avec ton absence.

Il lève enfin les yeux sur Célestine qui s'est endormie, la bouche en cœur. Devant ce père et sa fille, je mesure combien je m'immisce perpétuellement dans l'intimité des autres.

Pardon. J'ai cru que tu allais mourir. Quand je te regarde maintenant, je comprends combien c'est bête. Toi qui es si forte. Je ne voulais pas te voir et devoir te quitter pour toujours. Et savoir aussi que tout cela est de ma faute. Ta venue au monde prématurée, ta présence dans ce petit lit et toutes les souffrances qu'elle engendre, la façon dont j'ai brisé notre famille avant même qu'elle existe. Je voulais fuir tout ça. Pardon.

Il se lève. Il me paraît plus grand que le jour de la naissance de Célestine. Il reste un instant debout aux côtés de la couveuse, une main posée sur le plastique alors qu'il voudrait sans doute toucher sa peau.

— Si vous avez le temps, je pourrais installer Célestine contre vous. La chaleur d'un parent fait des miracles pour lutter contre les microbes.

L'homme se retourne et me dévisage.

— C'était vous au téléphone ?

J'ouvre la couveuse sans répondre, ma façon de nous donner un nouveau départ, de ne plus être les interlocuteurs de cet échange raté.

— Vous pouvez vous asseoir ici et déboutonner votre chemise pour que je pose Célestine sur vous.

Il obéit en silence. Je prends Célestine dans mes bras. Endormie, tout abandonnée, elle semble peser plus lourd.

J'essaie de ne pas penser à ces futures minutes, à l'importance de cette rencontre, de cette peau qu'elle a longtemps attendue.

Je me dis que les enfants pardonnent tout à leurs parents. Je me dis aussi que la vie rapproche. Que, depuis son petit lit, retenue dans ma salle, Célestine a trouvé sa façon de l'appeler.

Lorsque je la pose contre le torse de son père, j'imagine la sensation de ce souffle qui glisse, ce souffle qui prouve qu'elle est bien là. Le jour de sa naissance, il ne l'avait tenue que brièvement, de loin, petit corps détaché du sien parce qu'il avait peur de la briser, parce que, avec tous ces fils, c'est difficile d'aimer.

Là, il peut sentir le corps de sa fille contre lui, fondre avec elle dans ce lien unique et, enfin, devenir son père.

46

MLLE PAPILLON

Abbaye de Valloires, septembre 1944

Depuis plusieurs heures, les troupes alliées défilent dans les rues de la région. Les enfants de Valloires entonnent l'hymne des nations alliées.

Extrait du carnet de bord de Mlle Papillon – septembre 1944

Ce soir, je suis montée avant les autres. Toute cette émotion m'a fatiguée. Nous sommes hors de danger et j'ai besoin de solitude pour que cette idée fasse son chemin, qu'après toutes ces années, mon cœur batte enfin à son rythme, celui de la liberté.

En me couchant, j'ai à nouveau pensé à lui. Cet enfant qui a précipité mon évolution et la création de notre maison.

L'autre jour, à l'occasion d'une course en ville, j'ai cru le voir. C'est une voix claire et douce qui l'a appelé. Un prénom courant mais qui pour moi désignera toujours le gamin en culottes courtes qui grelottait dans les rues de novembre.

Pierre.

La voix a répété le prénom et comme chaque fois que j'entends ce prénom depuis vingt ans, je me suis retournée en quête d'un jeune homme. Il devrait avoir vingt-huit ans aujourd'hui. Vingt-neuf ans peut-être ?

Lorsque le préventorium a ouvert ses portes, je suis retournée à Vraignes-en-Vermandois. J'ai arpenté les rues, j'ai interrogé ceux qui y jouaient encore mais personne ne connaissait plus mon Pierre. Au cours des premiers mois suivant notre installation à Valloires, j'en avais fait une habitude.

Chercher Pierre. Chercher Pierre et ne jamais le trouver.

Il s'était volatilisé. Celui qui avait suscité ce rêve en moi, celui grâce à qui j'avais pu le matérialiser ne pourrait pas en profiter.

— Pierre !

La voix appelle encore, teintée maintenant d'un certain agacement. Je tourne sur moi-même, en quête de ce jeune homme dont je ne connais plus les traits.

— Pierre, où es-tu ? répète encore la jeune femme.

— Je suis ici.

La réponse résonne derrière moi. Même si depuis vingt ans, chaque Pierre hélé mène à la déception, je me dirige vers lui. Un homme d'une vingtaine d'années me fait maintenant face. Aussi rapidement que possible, je le détaille pour évaluer s'il est le bon. Les traits de l'enfant sont imprimés sur ma rétine. Des milliers d'enfants lui ont succédé et autant de visages mais le sien reste précis, intact dans mes souvenirs.

Ses yeux, son nez, ses pommettes hautes, la couleur de ses cheveux, cet ensemble harmonieux pourrait appartenir à mon Pierre mais le doute subsiste. Comment faire confiance à ma mémoire qui flanche avec l'âge ?

Je pourrais lui demander : Es-tu bien Pierre ? Et il me répondrait certainement oui.

J'essaie quand même.

— Es-tu le petit Pierre de Vraignes-en-Vermandois ?

Il m'observe sans comprendre. Je réalise combien tout cela est vain. Je m'apprête à rebrousser chemin lorsque j'entends ce « oui » plus beau que tous les autres oui.

— Oui, répète le jeune homme.

— Je suis Mlle Papillon, dis-je joyeusement comme s'il pouvait se souvenir de moi.

— Bonjour mademoiselle Papillon, répond-il plus par politesse que par certitude.

Il me tend la main. Je l'entoure des deux miennes. Sa main est grande, tiède, tout ce que j'aurais rêvé pour lui. Il est de Vraignes-en-Vermandois. Il s'appelle Pierre. Je décide de me satisfaire de cela. Je ne veux pas approfondir et risquer de briser cette apparence qui m'apaise. J'ai besoin de savoir que le bien qu'il a suscité lui a été rendu d'une certaine façon.

Que son existence, qui en a sauvé des milliers d'autres, s'est prolongée. Heureuse.

47

Je suis étendue dans ce grand lit dont la moitié est désormais occupée la plupart du temps.

Adam est endormi. Comme dans mon rêve il y a quelques semaines. Je suis une femme en attente. En attente qu'il s'éveille, en attente de ses baisers, de son corps sur le mien. En attente aussi que dans ma salle 79, le Nidcap devienne une réalité, que tous mes bébés puissent en profiter.

L'autre jour, le docteur Marelle m'a écoutée avec attention. Elle a retenu chaque mot, chaque idée, les a couchés sur sa feuille à la place qui semblait leur revenir. Une colonne pour les besoins, une pour les obstacles potentiels, une autre pour les objectifs, une encore pour les priorités. Puis elle a repris, répété, reformulé pour s'approprier le contenu. Elle a donné à mon discours une structure qu'il n'avait pas. Mon enthousiasme a subitement pris une apparence sérieuse, valable, accessible à tous les esprits, plus seulement aux mamans affamées de conseils. Avec le docteur Marelle, mon élan s'est mué en un projet réaliste.

Hier matin, le docteur Marelle m'a appelée dans son bureau. Ils ont dit oui. Le comité de direction n'était pas unanime mais la plupart des votes y étaient favorables. Elle a prononcé quelques phrases savantes mais je n'écoutais plus. Il n'y avait plus que ces *oui* qui dansaient devant mes yeux. Oui au Nidcap, oui à la formation du personnel, oui à l'information des mamans, oui au temps que nous pourrions y consacrer. Et tous ces *oui* se sont unis pour former une onde de choc délicieuse.

48

MLLE PAPILLON

Abbaye de Valloires, octobre 1944

La maman de Madeleine s'accroupit devant elle. La petite la regarde avec intensité, comme si son cerveau luttait pour intégrer une nouvelle donnée. Elle veut ouvrir la bouche pour prononcer l'un de ces mots qu'elle a protégés avec soin. Elle veut parler mais son silence prolongé de plus de deux ans l'en empêche. Il a brouillé les codes de transmission, le son reste calé quelque part. Elle remue les lèvres encore. Les larmes embuent maintenant ses grands yeux. Elle a retenu tous ces mots et voudrait enfin s'en libérer. Ce corps qui ne sait plus comment faire cherche, essaie, échoue, tente à nouveau. Un chemin se forme depuis son ventre et, porté par un désir puissant, le mot *maman* brise enfin son silence.

Extrait du carnet de bord de Mlle Papillon – octobre 1944

Après «maman», Madeleine a prononcé des dizaines d'autres mots. Ils se bousculaient pour sortir tous en même temps. Elle les énonçait sans faire de pause et, collés les uns aux autres, ils ressemblaient à un mot d'une longueur infinie. Un seul mot pour exprimer ces années d'attente.

Au cours de leur séjour à Valloires, nous étions seulement trois à connaître la véritable identité des enfants juifs que nous dissimulions dans la foule. Avec le retour de sa mère, la fin de la guerre, Madeleine a aussi retrouvé son prénom. Ce prénom juif qui avait été écarté pour la protéger.

Je me suis longtemps interrogée sur le sens que prendrait l'enfance interrompue de Madeleine, maintenant Rachel. De quelle façon ces heures assises sous l'arbre influenceraient sa construction. L'abandon forcé d'un père et l'impuissance qui en découle seraient-ils jamais intégrés ? Ce silence qui avait pris toute la place allait-il la pousser vers une vie où les mots auraient une importance particulière ?

En regardant Rachel et ses parents franchir le seuil de notre maison, j'ai senti mon cœur se serrer. Nos heures silencieuses avaient tissé un lien dont je ne mesurais pas la force. Nos présences sans mots avaient suscité une intimité rare, celle de deux êtres qui attendent la fin de quelque chose.

La vie alterne entre épreuves et moments d'une beauté infinie. J'ai toujours eu tendance à me concentrer sur les instants joyeux, à tirer facilement un trait sur les larmes. Je ne dis pas que c'est ce qu'il faut faire. Je dis juste que je suis faite ainsi, d'une étoffe qui ne peut s'empêcher d'être irrémédiablement attirée par le vivant.

Alors, fidèle à moi-même, j'ai tourné le dos à Rachel et à ses parents pour regarder mon abbaye. J'ai contemplé ma compagne qui a porté ces milliers d'enfants, lumineuse, magnifique dans son habit de pierre intact, et j'ai souri.

49

Lorsque je pousse la porte du restaurant, ma mère est absorbée par le menu. J'ai envie de la contempler avec la même attention que celle que j'accorde désormais aux bébés. Je veux sonder la femme forte, celle qui se tient toujours droite, celle qui ne se départit pas d'une mine affable. De son histoire, de son enfance, je ne connaissais presque rien. De la femme qu'elle est devenue aujourd'hui, je n'avais vu que la mère attentive à mon bien-être et toutes les questions qu'il suscite.

— C'est toi, Madeleine ! Pourquoi n'avoir jamais rien raconté avant ? dis-je sans prendre la peine de la saluer.

Ma mère sourit.

— Cette histoire…

Elle pousse un long soupir.

— Cette histoire exigeait de me plonger dans mes années de silence… d'y puiser toute la lumière que j'avais malgré moi reçue. Je ne pouvais pas raconter Mlle Papillon sans cela. Sans tout ce que cette femme a offert de bon. À moi et aux autres.

— Mlle Papillon a vraiment existé… Au début du siècle dernier, une femme a pu entreprendre un projet d'une telle envergure ? Et réussir ?

Ma mère acquiesce et nous restons un long moment en silence.

— Le titre du roman sera *L'Effet Papillon*, dit-elle enfin.

— Pourquoi ?

— Parce que l'effet Papillon, c'est toi, c'est moi. C'est l'onde de bonheur que Mlle Papillon a suscitée par son action et qui se prolonge aujourd'hui avec la tienne. Ton quotidien avec les bébés et, dans des dizaines années, dans l'action de ces bébés que tu auras aidés. Sa présence rendue éternelle par son amour qui déferle, de génération en génération, telle une cascade.

Elle a posé une main sur la mienne.

— Je voulais raconter une histoire sur le pouvoir du don de soi. On oublie que lorsque l'on prend soin d'un autre être humain, on prend soin de ceux qui croiseront sa route. L'amour suscite l'amour. Cela nous donne un pouvoir personnel infini.

Je quitte ma mère à regret, bouleversée par ses mots et son histoire. Au moment où je franchis la porte du service pour une nouvelle garde, une collègue demande du renfort pour une réanimation et je me porte volontaire.

En approchant du nourrisson, je songe à Mlle Papillon, à notre mission commune. Aider les enfants à grandir. Faire grossir ceux sur qui le sort s'est acharné. Offrir ces rondeurs, promesses d'avenir.

Pour la première fois, devant le petit corps, je ne me révolte pas. La mort me ramène à l'humilité. Même si l'issue d'une vie ne m'appartient pas, je conserve un pouvoir. Celui de faire ma part.

Je débute les compressions et, à travers mes mains en mouvement, l'énergie de Mlle Papillon vibre une nouvelle fois.

Thérèse Papillon,
Juste parmi les nations
10 septembre 1886 (Saint-Germain-en-Laye) – 23 mars 1983 (abbaye de Valloires)

CE QU'IL FAUT ENCORE SAVOIR AU SUJET DE THÉRÈSE PAPILLON...

Thérèse Papillon a poursuivi ses magnifiques projets bien au-delà de la Deuxième Guerre mondiale, les diversifiant en conservant ce socle commun : sa volonté d'accueillir et d'aider. Elle est décédée en 1983, à l'âge de quatre-vingt-seize ans.

Plus de trente ans plus tard, Thérèse Papillon a été faite « Juste parmi les nations ». De son vivant, elle avait déjà été décorée de la croix de guerre 1914-1918, de la croix de Saint-Sava et faite chevalier puis officier de la Légion d'honneur.

Avec sa foi et son incroyable énergie, elle a transformé l'abbaye de Valloires en un lieu d'accueil pour ceux dans le besoin, encore en activité aujourd'hui.

Depuis 1922, l'abbaye de Valloires a accueilli plus de vingt-cinq mille enfants.

L'HISTOIRE DE CE ROMAN...

Au cours de l'été 2018, Ghislaine et Damien, mes beaux-parents, m'ont invitée à découvrir l'abbaye de Valloires. Lors de la visite, la guide a raconté l'histoire du préventorium de Mlle Papillon. En entendant son récit, j'ai été surprise par la modernité du personnage et du projet. Mlle Papillon a immédiatement suscité ma profonde admiration. Sa générosité, son courage, sa capacité au rêve m'ont émerveillée. Bref, je suis tombée en amour pour cette femme.

Il était important pour moi de lui rendre hommage mais j'ai trouvé très peu d'archives (principalement des photographies). Mlle Papillon étant décédée en 1983, j'ai eu, au départ, quelques difficultés à rencontrer des personnes à interviewer. Heureusement, l'association de l'abbaye de Valloires et M. Jeanson m'ont aidée à obtenir des noms et des coordonnées.

Outre les informations glanées lors de mes visites à l'abbaye et l'excellente visite guidée qu'elle offre, je me suis donc principalement basée sur le récit oral, passionnant même s'il dépend de la vitalité des mémoires. Pendant quelques dizaines d'heures, j'ai écouté ceux qui ont connu Mlle Papillon et à travers eux, une émotion vive, profonde, joyeuse de sa vie m'a été donnée.

Pour ceux qui souhaitent retrouver le quotidien de Valloires relaté par une experte de l'abbaye, je vous recommande chaleureusement le livre de Jacqueline Peyronnet sur le préventorium de Valloires (disponible dans le magasin de l'abbaye). Il offre un récit détaillé et touchant. Il reprend notamment beaucoup d'anecdotes racontées par Mlle Papillon à l'auteur et retrace l'histoire du préventorium de 1922 à 1976.

Pour offrir un récit à mes lecteurs, j'ai dû mélanger les quelques faits qui m'ont été rapportés avec le produit de mon imagination. Mon histoire de Mlle Papillon est donc fictive. Je suis romancière et non biographe ou historienne. Pour les besoins du récit, je me suis aussi autorisée à jouer avec les dates et les faits et à en créer beaucoup d'autres. Les extraits du carnet de bord de Mlle Papillon sont inventés. Peut-être lui ai-je attribué plus de réflexions, de doutes ou de craintes qu'elle n'en a eus mais j'avais l'impression que ceux-ci étaient nécessaires pour que le lecteur se sente proche de cette femme absolument exceptionnelle.

Enfin, le personnage et l'histoire de Gabrielle, l'infirmière, sont fictifs.

Pour les plus curieux, je reprends quelques-uns des faits qui m'ont été rapportés lors de mes interviews sur Mlle Papillon :

— Mlle Papillon a été envoyée à Vraignes-en-Vermandois par la Croix-Rouge.

— Les visites de Mlle Papillon à la préfecture d'Amiens et au médecin-chef des Hospices de Campagne-lès-Hesdin.

— La volonté de Thérèse Papillon de faire du 2 février la date anniversaire de Valloires (pour la fête de la Chandeleur).

— Le choix de l'abbaye de Valloires parce qu'elle avait le meilleur toit.

— L'existence de sections pour le partage des enfants en différents groupes.

— La générosité d'agriculteurs du coin, des familles de la région.

— La ruse de Mlle Papillon pour éloigner les soldats en prétextant que les enfants avaient la tuberculose (histoire racontée lors de la visite guidée).

— Un soldat allemand aurait déclaré : «J'aime beaucoup ce que vous faites… mais attention à vos petits protégés.»

— La miraculeuse histoire du V1.

— L'aide précieuse de son frère Jean à Valloires. À côté de son activité à l'abbaye, il a notamment initié ce fabuleux cinéma ambulant.

— Les enfants juifs «cachés dans la foule».

— Parmi les demoiselles de Valloires, bénévoles qui ont dévoué leur vie au service des enfants, il y a bien eu une Marie-Paule, une Marie-Louise, une Berthe, une Geneviève et tant d'autres sans qui Valloires n'aurait pu être Valloires.

BANDE-SON DU ROMAN

Don't Think Twice, it's All Right – Bob Dylan

Into My Arms (2011 remastered edition) – Nick Cave & The Bad Seeds

Satisfied Mind – Jeff Buckley

Talking About a Revolution (Live) – Tracy Chapman

No Sound but the Wind – Editors

I See Fire – Ed Sheeran

Somebody to Love – Queen

Love of My Life (Live at Wembley Stadium) – Queen

Bohemian Rhapsody (Live at Wembley Stadium) – Queen

Nothing (acoustic) – Editors

Sur la place – Jacques Brel

No One (acoustic) – Alicia Keys

Where Do the Children Play? – Cat Stevens

High and Dry – Kelly Waters

The Wolves (Acts I and II) – Bon Iver

If I Ain't Got You (piano and vocal) – Alicia Keys

Stand by Me (Live) – Tracy Chapman

Where Is My Mind? – Maxence Cyrin

Tout oublier – Angèle

Balance ton quoi – Angèle
Ta reine – Angèle
Hurt – Typh Barrow
Elastic Heart (piano version) – Sia
Read All About It – Emeli Sandé
Fast Car (Live) – Tracy Chapman
One – Johnny Cash
Here's to Love – Jasper Steverlinck
One Thing I Can't Erase – Jasper Steverlinck
Fall in Light (en fait tout Jasper Steverlinck, il a un talent fou !) – Jasper Steverlinck
Child's Song – Tom Rush
O – Damien Rice
Cecilia (Live at Madison Square Garden) – Simon and Garfunkel
Shallow – Lady Gaga & Bradley Cooper
Imagine – John Lennon
The Kids – Charlotte Cardin
Faufile – Charlotte Cardin
Brother Sparrow – Agnes Obel
The Absence – Typh Barrow
Sons & Daughters (piano sessions) – Agnes Obel

REMERCIEMENTS

Remerciements partie « Papillon »

Lorsque le projet n'était qu'à l'état d'embryon, **Cyril de Francqueville** a pris le temps d'échanger avec moi. Alors que je peinais à trouver mes premiers témoignages, il a su me convaincre de l'importance de raconter l'histoire de Mlle Papillon.

D'une voix grave et chaleureuse, **André Jeanson**, petit-fils de Marcel Jeanson, trésorier et ami de Mlle Papillon, est le premier à m'avoir conté les aventures de Mlle Papillon. Son infinie culture, ses jolis mots et sa profonde bienveillance ont été précieux. Je garde un merveilleux souvenir de mon passage chez lui et son épouse, dans sa maison remplie de vingt-trois enfants et petits-enfants !

Jean-François Camus est l'un des milliers de pensionnaires accueillis par Mlle Papillon. Avec des mots d'adulte et un regard d'enfant, il m'a offert un accès privilégié à la vie à Valloires. Sa mémoire exceptionnelle et sa sensibilité ont insufflé une grande émotion dans mon travail d'écriture.

Avec sourire et générosité, **Philippe Ripert** m'a raconté l'histoire de Mlle Papillon et le miracle de Valloires.

Ma gratitude à **Brigitte Salzani** qui a toujours eu la patience de répondre à mes questions par téléphone ou de vive voix.

Merci également à l'**Association de Valloires** pour les informations relatives à l'association, la visite guidée de l'abbaye et l'accès aux photographies d'époque.

Bernard Peugniez a eu la bonté de me faire partager son expertise en matière d'abbayes cisterciennes et ses connaissances relatives à l'histoire de l'abbaye de Valloires.

Sonia Baquet a été une alliée également en m'aidant avec beaucoup de gentillesse dans mes recherches.

Merci à **Jacqueline Peyronnet** (décédée au moment de mes recherches) qui à travers son joli livre m'a également livré son récit de Valloires.

Simon Provost, professeur d'histoire, a très gentiment répondu à mes questions sur la Deuxième Guerre mondiale.

Lors d'entretiens par téléphone, **Albert Ozenfant** m'a raconté le quotidien de l'abbaye et a répondu à mes nombreuses questions. Il a eu la gentillesse de venir à ma rencontre à Valloires et, d'une voix éternellement jeune, il m'a chanté les chants du préventorium.

Daniel Mandelbaum, enfant « caché dans la foule » par Mlle Papillon pendant la guerre, m'a livré sa très belle histoire dans un café parisien.

Du haut de ses quatre-vingt-seize ans, **Nelly Marest** m'a accueillie chez elle pour me raconter, une lueur particulière dans les yeux, ses années de service auprès de Mlle Papillon. Aux côtés de **Brigitte Salzani**, sans qui cette rencontre n'aurait pas pu avoir lieu, Nelly a dépeint la personnalité de Mlle Papillon et partagé certains souvenirs avec une vivacité impressionnante !

Remerciements partie « néonatologie »

J'ai été très touchée par l'accueil que m'a réservé le **docteur Marie Tackoen**, chef du service de néonatologie à Saint-Pierre. La regarder interagir avec son équipe m'a inspiré une grande admiration. Elle a aussi pris le temps de relire les scènes « médicales » du livre, un cadeau inestimable.

Delphine Druart, infirmière pédiatrique et formatrice mondiale en Nidcap, et le **docteur Inge Van Herreweghe** m'ont initiée avec enthousiasme à cette philosophie de soins. Ma gratitude à **Delphine Druart** pour sa relecture des chapitres abordant le Nidcap et ses commentaires précieux.

Merci à **Mélanie Perotti**, psychologue du service, pour ses réflexions passionnantes autour du choix du métier d'infirmière en néonatologie.

Je remercie également les nombreux infirmiers et médecins du service de néonatologie de Saint-Pierre qui ont partagé leur expérience et leur savoir.

Le **docteur Dominique Grossman** a eu la grande gentillesse de m'ouvrir les portes de son service de néonatologie au Chirec Delta (Bruxelles).

Merci à **Élise Roegiers**, chef-adjointe des infirmières, et à son équipe de m'avoir aidée à saisir toutes les dimensions de leur action, de l'acte technique au vécu humain.

Toute ma reconnaissance à **Catherine Verstegen**, infirmière également, qui m'a enseigné le jargon médical et est restée disponible pour répondre à mes questions tout au long de l'écriture du roman.

Merci au **docteur Aude Helsmoortel**, néonatologue, à **Audrey Moureau,** psychologue et au **docteur Cyrielle Gobert**, neurologue pédiatrique, pour l'éclairage qu'elles m'ont apporté dans leur domaine.

Avec humour et intelligence, **Julie Favresse** m'a fait partager son expérience de maman dans cet univers particulier qu'est la néonatologie.

Enfin, j'ai clôturé plusieurs mois d'interviews par un moment qui restera gravé dans ma mémoire. **Heidelise Als**, âgée de quatre-vingts ans, a répondu à mes questions depuis son bureau à Harvard, où elle pratique toujours. La fondatrice du Nidcap, psychologue et professeur émérite à Harvard, m'a profondément inspirée. Cette femme d'une intelligence sociale rare m'a parlé du lien, de sa construction et du sens de nos vies. Avec des mots simples et une présence d'une chaleur inouïe, elle m'a captivée pendant plus d'une heure sur sa passion : l'humanité.

Remerciements généraux

Merci à la **Fédération Wallonie-Bruxelles** pour son soutien à la rédaction de cet ouvrage via l'octroi d'une bourse d'appoint.

Comme pour chacun de mes romans, je remercie le **docteur Sarah Swimberghe**, gynécologue, qui m'a accompagnée sur certaines parties techniques.

Merci à **Ghislaine et Damien** pour cette rencontre avec Mlle Papillon.

Chaque livre a son histoire aussi. Dans cette aventure-ci, je tiens à remercier **Alexia, Christine et Fernand de Visscher,** qui ont été des alliés merveilleux. Sans eux, je ne serais pas là où je suis aujourd'hui.

Je me souviendrai toute ma vie de ma rencontre avec **Claire Do Sêrro**, mon éditrice, **Lisa Labbe, Cécile Boyer-Runge** et **Antoine Caro** chez Robert Laffont. Tout a paru tout de suite juste. Tout ne peut qu'être juste lorsqu'une équipe allie passion, énergie et humanité.

Merci à **Claire Do Sêrro** d'avoir offert à ce roman tout son talent. Quel bonheur de pouvoir apprendre aux côtés d'une personne aussi intelligente que lumineuse (c'était mon rêve d'écrivain) !

Depuis mon premier roman, ils relisent le premier jet de mes manuscrits et me soutiennent dans mes projets. Toute ma gratitude à ma sœur **Clémence** et à mon mari **Benjy**. Mes romans n'auraient pas la même saveur sans vous.

La photocomposition de cet ouvrage
a été réalisée par
GRAPHIC HAINAUT
30, rue Pierre-Mathieu
59410 Anzin